久青玩具堂

まるで名探偵のような
雑居ビルの事件ノート

東京創元社◎ミステリ・フロンティア

目　次

まるで名探偵のような　雑居ビルの事件ノート

第一話　名刺は語らない　——Calling Card

A

　春の雨は音もなく、ただ白い薄膜になって世界を包んでいる。駅前のアスファルトは往来するタイヤの形に凹《くぼ》んでいたが、じっとり湿るばかりで水を溜める気配はない。遠くの空を見やると、夕日が分厚い雲を透かして魚の腹の白金色に輝いていた。この雨は長続きしないだろう。

　そう判断して、俺は制服の上に羽織ったパーカーのフードをかぶり直した。

　通《かよ》っている高校から二駅ばかりの間、線路沿いにスーパーや飲食店が建ち並んでいる。帰宅する人々が鍋で煮るようにぐつぐつと足を踏み鳴らし、ぎらつく照明が雨の憂鬱《ゆううつ》を払っていた。

　そんなにぎやかな表通りから外れて、狭い裏通りへ入り込む。こちらも断続的に店舗が連なっているが、全体的に煤《すす》をかぶったような雰囲気だ。

　路面のひび割れを避けるままに歩みを散らしていた足が、つと立ち止まる。履き慣れたスニーカーの向く先に、シンプルな立て看板が置かれていた。

『喫茶・軽食　るそう園』

　目を上げれば、アンティークドアのガラス窓から柔らかな光が漏れている。古びた雑居ビルのテナントだが、この階だけ煉瓦《れんが》タイルでしつらえられていて安っぽさを感じさせない。

壁に掛かったメニューの価格としばしにらみ合ってから、ドアへ手をかけた。今この時、雨宿りのために現れたような店だと思った。


「ぁっ……」


と首をすくめたのは、自分の鳴らしたドアベルのけたたましさに驚いたからだった。勢いよく開けすぎたようだ。

店の中の視線が一斉にこちらへ向くのを感じて頬が熱い。穏やかなクラシック音楽がやけに大きく耳へ響いた。努めてなんでもないふりをして、かぶったままになっていたフードを下ろす。そうしてさりげなく見回すと、その時にはもう、こちらを見ているのは一人だけになっていた。


「いらっしゃいませ。お好きな席へどうぞ」


カウンターの向こうで微笑む、店長らしき男性だ。喫茶店だからマスターと呼ぶべきだろうか。彫りの深い顔立ちに、モノトーンの服がよく似合っている。四十歳前後で俺の父親くらいの年頃だが、こちらをあなどる気配はない。それに安堵《あんど》して、ようやく店内へ足を進めた。

そう広くない店内にはカウンター席の他、二人掛けと四人掛けのテーブル席がいくつか配置されている。少し迷った後、カウンター席へ腰かけた。

半端な時間のせいか客入りはまばらで、恰幅のいい女性が二人席を一人で占領しているのが目に付いた。還暦近く見えるが、鮮やかな紫色に染めた髪が妙に似合っている。

メニューを開くと、コーヒーや紅茶に加えて、何種類かの軽食が写真付きで載っていた。空《す》き

っ腹には誘惑だったが、

「……ブレンドコーヒーお願いします」

今日のところは「定番」の文字が振られた一杯を注文しておいた。初めて一人で喫茶店に入った高校生には、いろいろな意味で冒険ができなかった。

「かしこまりました」

一番安い注文にも、マスターの対応はあくまで丁寧だ。喉に蠟《ろう》でも塗ったみたいに滑《なめ》らかな美声で、聞いているだけで高級店の客になったような気分になる。流れるようにコーヒーの用意を始めるマスターの背中を見ながら、俺は自然と大きく息を吐《つ》いていた。

文学的だ……と、その息へ音を乗せずに唇が動く。

どこの駅前にもあるような雑居ビルの中だというのに、元号を二つ三つ巻き戻したような別世界の趣《おもむき》がある。ドアベルの音《ね》を境に雨と喧噪から切り離され、言葉より視線で会話する客たちがコーヒーの香気をくゆらせる。マスターの紳士的な物腰には、俺の知ってる大人たちにはない気品があった。

午後の授業をサボって当てもなく街を歩いていたのは、こんな景色を求めてのことだったのかもしれない。そうだ、俺は文学の欠片《かけら》もない凡俗な日常から逃れたかったのだ。

あとは小説だな、小説で完璧だ……と、ポケットから『彼岸過迄《すぎまで》』の文庫本を取り出してテーブルへ置き、表紙に手を添える。見下ろす天板の木目にさえうっとりとしかけたところで、

「——おまちどおさまです」

恐ろしく平板な声とともに、ソーサーに載ったコーヒーカップが目の前へ置かれた。温かみの

あるマスターの声音《こわね》とはまるで違う、無愛想な……と言うとネガティブな響きになるが、別にとげとげしいわけでもなく、ただただ彩りのない声だった。

　目覚ましが鳴った時のように素早くまばたきして顔を上げる。視線の先にいたのは俺と同じ年頃の女の子だった。エプロンを着けているところからすると店員のようだが、それにしては愛想の一つもない。

　ピンで留めたように揺るがない瞳が、コーヒーの湯気越しに俺を見下ろしている。浮かれていた顔を観察されているような気がして、思わず目をそらした。

見れば、マスターは例の二人席の女性にワインボトルを運んでいる。この子はマスターの代わりにコーヒーを出してくれたようだ……と、視線を戻すと、少女のほっそりした背中はキッチンの死角へ消えるところだった。

　なんなんだ一体……。

　せっかく文学的な雰囲気に身を委ねていたのに、冷たい視線に水を差された。残念な気分でカップを持ち上げ、口を付ける。その瞬間、俺はあっさり別世界へ揺り戻された。

舌が感じたのは苦味だったのに、それを形容する言葉が「甘美」だというのは矛盾かもしれない。しかし味わいは成分だけで決まるものではない。熱も、口中に優しく広がる蒸気の触感も、店の空気をゆったりかき混ぜる音楽も、全てが渾然《こんぜん》一体となって脳内に快楽を結ぶ。

　コーヒーとはこんなに人を感動させるものだったのか。火照《ほて》った息がカップの中でさざなみに変わる。

　そんな陶酔の中で、俺は再びのドアベルを聞いた。

俺の時よりだいぶ慎ましい鈴の音とともに入ってきたのは、マスターより少し上の年頃の男だった。一見して灰色の中折れハットが目に立つ。逆にそれ以外はほとんど印象に残らない、電車に乗れば一車両に一人は乗っていそうな風貌をしていた。

男はビニール傘を無造作に傘立てへ放り込み、迷いのない足取りでカウンター席のスツールへ腰を落とす。俺から一つ空けた隣だ。無精髭《ひげ》の濃さとスーツのくたびれ具合が比例して見えた。

「戸村《とむら》さん。今日はお早いですね」

カウンターに戻ってきたマスターが声をかける。丁重なのは例の通りだが、俺に対するよりもだいぶ砕けた調子だ。それは相手も同様だった。

「ああ、うん、まぁ……ブレンドお願い」

戸村と呼ばれた男はまず注文を済ませ、それから続けた。

「まいったよ。今日はどうも、仕事になんなくて」

「なにかあったんですか？」

「昨日の夕方に苦情の電話がかかってきてさ。その対応で今日一日潰れた上に、まだ解決してないんだ」

答える戸村の声は溜息交じりで、疲労と憂鬱がその色合いを競い合っていた。

「また、なんかしくじったのかい？」

と、およそ遠慮のない声を割り込ませたのは二人席の女性だ。年相応に乾いていて、それでいてよく通る声をしている。戸村は顔をしかめた。

「麻子《あさこ》さんこそ、こんな時間から酒盛りとは良い御身分じゃないか」

「今日の分の仕事はこなして、明日《あす》の英気を養ってるのさ。あたしは計画的に働いてるからね」

麻子と呼ばれた女性は鼻で笑ってみせた。戸村は言われるがままで、どうにも頭が上がらないようだ。

「苦情と言うと」

フォローするように、マスターがさりげなく話を戻した。

「うん。辺宮精機《へみやせいき》って、そこそこ大きな機械部品の会社からだったんだが……うちの社員に付きまとうなって、だいぶお怒りの御様子でね」

「その会社の信用調査か社員の身辺調査でもなさったんですか？」

「いいや、辺宮の関係者から依頼を受けたことはない」

コーヒーをちびちびとすすりながら、俺は聞くともなしに二人の会話を聞いていた。

「では、どうして？」

小首を傾げるマスターに、戸村は懐《ふところ》から革製のケースを取り出して、ごく端的に答えた。

「名刺だよ」

そこでコーヒーの用意ができて、マスターが戸村の前へ置く。戸村はそのコーヒーと交換するように、ケースから出した名刺をマスターへ差し出した。マスターが受け取るまでの数秒の間に、俺はそこに書かれた名前、そして肩書きを盗み見ることができた。

『戸村探偵事務所　所長　戸村和平《かずなり》』

——探偵？　と思わず出かけた声を呑み込む。実物を目にするのは初めてだった。もちろん、小説やドラマのように難事件を解決するヒーローではないということは知っているが、普通の高校生が関わるような職業でもないという意味では「特別」な存在だ。

その特別な名刺を受け取って、マスターはなるほど、と話を先回りした。

「この名刺を悪用してる輩《やから》がいるわけですね」

「そう。俺の名刺を使って聞き込みをしてるやつがいるらしい」

戸村は手元のカップへ目を落として、口に運ぼうとして、気が乗らなかったのか皿へ戻した。飲む物を飲む前に、吐く話《もの》を吐くことにしたようだ。

「なんでも、能戸《のと》とかって社員のことを根掘り葉掘り聞いて回ってたらしい。出入りの業者や、辺宮の社員が立ち寄りそうな店の店員、能戸の家の近所の人とかにな。相手によっては礼金まで出してたって話だ」

「なかなか手が込んでますね」

「能戸と直接の面識があるような相手は避けてたみたいだから、しばらくは会社にも本人にも伝わらなかったんだが、そのうちに不審者が現れたという複数の通報が会社へ行った。で、理不尽にも俺がお叱りを受けたってわけだ。能戸は大層優秀な社員らしくて、ヘッドハンティングの予備調査なんじゃないかと疑われたみたいだな。とばっちりだよ」

「災難でしたね。朝からずっと、その調査を？」

戸村はカップの取っ手に指を絡め、揺れるコーヒーを見つめながらうなずいた。

「ああ。まず辺宮精機へヒアリングに行ったら、能戸本人は出張中で、彼の上司にぺこぺこ謝った。それから、通報してきた人のリストをもらえないかと頼んで——」

そのリストを半日がかりで一件ずつ当たって回ったのだという。その結果判ったのは、名刺の男は白髪《しらが》の目立つ、太めのフレームの眼鏡をかけて派手なスーツを着た男だということ。髪のわりに顔付きは若々しく見えて、正確な年齢は知れないということ。そして、まぎれもなく「探偵の戸村和平」を名乗ったということだった。

「背格好以外は俺と似ても似つかない。わざとらしいくらい印象の強い眼鏡だったって証言もあったし、変装していたのかもしれない」

変装！　まるで古風な探偵小説の道具立てだ。

「そいつが眼鏡を拭く時にチラッと素顔を見た人によると、眼鏡の時より目が小さく見えたと言うから、度は入ってたみたいだが……いつもと違う眼鏡をかけたり、コンタクトから変えたりするだけでイメージは大きく変わるもんだからな」

「髪だって、ヘアカラーやウィッグを上手く使えばそれらしく見えますしね」

「ああ。その偽者は、三週間くらい前から散発的に会社や能戸の家の周辺に出没してるんだが、三日前からは一度も現れてない。会社に知られたのを察した可能性もある」

「もしそうなら、また出てきたところを捕まえるのも難しいわけですか」

そういうことだな、と肩をすくめながら、戸村はようやくコーヒーを口にした。

「――だが、手がかりならある。名刺だ」

これですか、と、マスターがもらったばかりの名刺を示してみせる。戸村は顎先《あご》が首に着くくらい深くうなずいた。

「上側の縁《ふち》に金のラインが入ってるだろ？　そのデザインの名刺は一月《ひとつき》前に新調したばかりで、

まだそれほどの数を配ってない。でもって偽者が配った名刺には、みんな金のラインが入ってたんだ。俺の名刺をそのままコピーして使ったんだろう」

「名刺を作ったのが一ヶ月前で偽探偵の出現が三週間前なら、入手できた期間は一週間。容疑者はだいぶ限定されますね」

「ああ。この名刺を持ってる中で、疑わしいのは三人ってとこだな」

「それならすぐに判りそうなもんじゃないか」

紫髪の麻子が再度口を挟む。戸村は半面だけ振り向いた。

「そう簡単な話じゃない。その三人だって、怪しいような怪しくないような……」

「まだるっこしいね。そこまで言ったなら、そいつらのことも話しちまいなよ」

麻子の声は落ち着いて聞こえるが、その目付きはとろんと揺れている。いつの間にかグラスの中身が空になっていた。

戸村は助けを求めるようにマスターを見たが、そのマスターも麻子をたしなめはしなかった。不干渉を決め込んだのか好奇心に負けたのか。ともかくも戸村は折れた。

「……ま、実名を出さなきゃいいか」

職業倫理的なことで迷っていたらしい。探偵は、仮名《かめい》を考えながらつっかえつっかえ、この奇妙な一件の容疑者たちについて話し始めた――

――一人目は、仮に……サオトメさんとしておこうか。俺と同い年の女性で、辺宮精機と提携している会社の社員だ。一ヶ月くらい前に事務所を訪ねてきて、作ったばかりの名刺を渡した。

交換した名刺の肩書きからすると、職場でも責任ある地位に就いているようだ。話しぶりは理知的で、それでいてどこか疲れのにじんだ、儚い感じがする。

そういう女性がうつむきがちに事務所へ現れたら、依頼の内容は決まったようなもんだ。

「ここ最近、夫の様子がおかしいんです。理由を調べていただけないでしょうか」

先に言ってしまうと、俺はこの依頼を引き受けなかった。俺もよく知ってる別の探偵事務所がすでに調査して、報告書を上げていたからだ。

「女性の影や、いかがわしい趣味があるわけではないという調査結果だったんですが……一軒だけでは不安で」

「その事務所ならよく知ってますよ。でも、あそこで成果がなかったとなるとウチでも同じ結果になるかもしれませんね」

まるで面識のない所ならとにかく、なにかと世話になってる老舗事務所の仕事だったから、いけない。俺が再調査するのは相手の面子《メンツ》を潰すことになる。第一、ウチとは段違いの規模の事務所が調べてなにも出なかったのに、俺になにができる？

彼女の言う「様子がおかしい」っていうのも、帰りが一、二時間遅くなっただの、電話に過剰に反応して落ち着きがなくなっただの、急に優しくなっただのって、どうとでも説明できそうなものばかりだ。

実際、探偵事務所は、帰りが遅くなったのはジムに通ったり喫茶店で仕事をしてたりしたせいだと、写真付きで報告してきたそうだ。ナーバスになってるのは、会社で大規模な人事異動が近いからだろうと推量されていた。

急に優しくなったっていうのは……まぁ、結構なことだろう。そう言ったら、

「変に優しくされると、なにか負い目があるからじゃないかと不安になります」

それも解らなくはない。浮気や借金の罪悪感から、というケースが多いのも確かだ。とはいえ、家庭をなおざりにしてきたことにふと気付いて、家族サービスへ熱心になる中年男だって少なくもあるまい。

問わず語りに聞いたところじゃ、サオトメさんの両親はすでに亡く、近くに住んでいる叔母さん一家としか親戚付き合いもないらしい。職場では家庭内の問題は話しづらいし、何軒も探偵事務所を渡り歩くのは、他に相談できる相手がいないせいかもしれない。

結局サオトメさんには、話を聞いただけでお帰りいただいた。新たに疑いの根拠が出てくるようなら、また来てくださいってな。

というわけで、サオトメさんについては特に怪しいところもない。ちょいとばかり疑心暗鬼になってる女性ってだけだ。

だが、この話には続きがある。彼女の従弟《いとこ》が、辺宮精機の下請け会社に勤めているんだ。さっき話に出た叔母一家の一人息子になる。

そいつの参加したプロジェクトの集合写真が辺宮に残ってた。俺やサオトメさんより五、六歳若い、生真面目そうな男だ。写真では人相が悪く見えたが、撮影の時にコンタクトを落として、目を細めてカメラを見ていたせいらしい。

その従弟が辺宮との取り引きでミスをやらかして、両社からこっぴどく怒られて減俸までされた。このトラブルの辺宮側の責任者が、能戸だ。

これはサオトメさんじゃなく、能戸の上司から聞き出した話だ。従弟の名前が出てきた時にはギクリとしたよ。サオトメさんの身の上話で聞いた名前だったし、彼女に新しい名刺を渡したのを覚えていたからな。

この件は下請けの方で責任を認めていて、恨まれている可能性は低いとも聞いた。だがそこが問題で、能戸の同僚が言うには、能戸の発注にも不備があったらしいんだな。それなのにサオトメさんの従弟が一方的に責任を引っかぶる形になった。

「最終的には円満にけりが付いたってことになってるけど、やっぱり水面下では辺宮《ウチ》のお偉いさんが無理を通したのかねぇ。なにせ『能戸案件』だから……」

同僚氏によると能戸は部署の花形社員で、会社としてもキャリアに傷が付くことを嫌っているらしい。気難しい傾向もあるようだし、機嫌を損ねて仕事に穴が開くのは旨くないんだろう。立場の弱い下請けが忖度して、サオトメさんの従弟をスケープゴートにした可能性はある。

それなら能戸を恨んでも無理はないし、近しい親戚なら、適当な理由を付けてサオトメさんから探偵《おれ》の名刺を譲ってもらえるだろう。

というわけで、サオトメさん……正確にはサオトメさんの従弟が、第一の容疑者だな。

――二人目は能戸の同僚だ。仮にマキノとしておこうか。能戸よりいくらか若い、海外ブランドのスーツがごく自然に馴染むような男だ。一年ほど前に競合他社からヘッドハンティングされてきたやつで、

「まだ新顔扱いですよ。馴染まないですねぇ」

なんて本人は苦笑いしていたが、深刻な感じはしなかったな。冗談なのか、あるいは周りと馴れ合う必要がないくらいの自信家なんだろう。能戸とは専門分野が近くて、重要案件の担当を争うライバル関係のようだ。

職人肌で融通の利かない能戸と対照的に、マキノは以前の会社で「営業要らず」と言われたほど積極的に顧客とコミュニケーションを取る。そうやって要望に応え、ノウハウを取り込み、ユーザビリティの高い製品をいくつも開発してきたらしい。能戸の牙城を脅《おびや》かしうる逸材だ。

そんなマキノだから、能戸の同僚へ聞き込みをしていた俺にも自分から接触してきた。やつはなぜか俺の名刺を持っていて、個人的なことで相談があると言うので、会社の近くの喫茶店で聞くことにした。

マキノはまず、友人から俺の名刺を譲られた経緯を語った。その友人は妹の婚約者を素行調査した件の依頼者で、マキノの依頼もまた、結婚相手に関するものだった。

「同僚の女性との結婚を考えてるんです。交際は順調で、昇給を当て込んで値の張る婚約指輪も用意しました。彼女も僕を愛してくれてると思うんですが、プロポーズの返事がどうも、煮え切らないと言うか……なにか事情があって応えられないような感じなんです」

その「事情」を探るべく探偵を探していたところに、偶然にも俺の方から会社へやってきたというわけだ。けど今日はそれどころじゃなかったし、辺宮とはケチが付いたから依頼は断らせてもらった。マキノも無理に頼み込んではこなかった。

マキノの場合、能戸のことを嗅ぎ回る動機はなさそうだ。あえて勘繰るならライバルを蹴落とす陰謀というところだが、バレた時のリスクを考えれば現実的じゃないだろう。

とはいえ、能戸の競争相手が例の名刺を持っていたわけだからな。偶然にしてはちょっと気になるところではある。顧客を訪ねるというマキノと別れた後、辺宮に戻って聞き込んでみた。

その結果、マキノが求婚している女性社員は以前、能戸と付き合っていたということが判った。と言っても、もう七、八年前のことで、後腐れもなく別れたらしい。その後、能戸は別の女性と結婚したが、女性社員は平然としていたそうだ。

だが、マキノが平気でいられるかは別の話だろう。マキノのプロポーズが保留された理由が元恋人に関係あるのだとすれば、能戸に立ち塞がられる格好になる。

恋人と能戸の間に今も関係があるのか確かめるためにも、あるいは自分の手で能戸を探ってみる気にもなるかもしれない。

第二の容疑者と言っていいだろう。


――最後は、仮名をクラタ氏としておこうか。この人は俺より一回り年上で、地主様ってやつなんだが、能戸の家の近所に本宅がある。広々とした庭付きの豪邸だ。不動産業でずいぶんと儲けているらしい。

サオトメさんが事務所に来た数日後にバーで知り合って、ちょうど探偵を探してたって言うんで名刺を渡した。仕事の関係で調べてほしいことがあるって話だったが、まだ依頼は来ていないな。しれっと別の探偵《とこ》に頼んだのかもしれない。そんなもんだ。

その時に先方の名刺ももらっていて、今日、能戸の家の近所へ聞き込みに行った時、そういや御大、この辺りに住んでるんだったなと思い出して、御機嫌うかがいする気になった。これが思わぬ収穫になった。

最近は在宅で仕事をしていると聞いていた氏は留守で、おっとりした奥方が出てきた。クラタ氏の知人ですがと来意を告げたが、まぁ怪しいやつに見えたんだろう。奥方はなにやら困り顔で、こう言ったんだ。

「……もしかして、能戸さんのことでなにか？」

「ええ、はい。その関係で」

嘘は吐いていない。奥方はますます眉根を寄せて俺を見た。

「どうもすみません。ヨーゼフがなにかイタズラしてしまったらしいんですけど……詳しい話はクラタに訊いてください。もうじき帰ってくると思いますので」

クラタ氏と能戸の間になにかトラブルがあって、俺はその調査に来たと思われたようだ。奥方は本当によく知らないようだったから、適当にごまかして退散した。

ヨーゼフというのはクラタ氏が溺愛《できあい》する飼い犬で、バーでよく話していて写真も見せられた。犬種は……あれは、バーニーズかな？　毛のもさっとした、大作りなやつだ。

俺はクラタ家の近くで氏の帰りを待った。奥方の言った通り、そう長くは待たずにクラタ氏の姿が目に入ってきた。問題の愛犬の散歩中だったんだ。俺は氏が自邸に入る前に声をかけた。

「やぁ、戸村くんじゃないか。この辺に飲み屋はないと思ったが」

クラタ氏は体格が良く、押し出しの強い顔立ちをしている。健全な精神はなんとやらじゃないが、屈託なく笑うその様子はいかにも快活だ。

「残念ながら仕事でして……この子がヨーゼフですか。写真で見るより迫力ありますね」

俺は愛想良く笑いながら、クラタ氏に目顔で確認してから犬を撫でた。なるほど人に馴れていて、初対面の俺にも息を弾ませてすり寄ってきた。氏は親馬鹿を隠そうともせず相好を崩した。

「そうだろう。その気になれば大人を押さえ込めるくらい力が強いが、間違っても人を襲ったりはしない。賢い犬だよ」

「でも、こう人懐っこいと、犬が苦手な人は困るかもしれませんね」

さりげなく差し込んだ疑いに、クラタ氏は、ふンと弾《はじ》くように鼻を鳴らした。

「ま、心の狭いやつというのはいるものだからね」

「と言うと？」

「犬が嫌いというのは仕方ない。しかし、ちょっとじゃれつかれたくらいで『危険を感じた』だの『怪我をしてからじゃ遅い』だの騒ぐのは、過剰反応じゃないかね」

それは場合によりけりだろうと思ったが、話を合わせた。

「確かに心配性が過ぎるようですね。そんなクレームを入れられたんですか？」

「クレームってほど大げさなものじゃないが……近所の能戸という男にね、少しばかり言いがかりを付けられたのさ。なに、いい年をして神経が細すぎるんだ」

愚痴ほど手繰りやすい芋蔓《いもづる》もない。氏の能戸への不満は、次から次へと噴き出した。

いわく——一年半前に越してきた時、夫婦であいさつに来たがヨーゼフが足にすり寄っただけで大げさに驚いて、ヨーゼフを蹴るような格好になった。その時はお互い様だからと寛大に赦《ゆる》したが、能戸はその後も道で出くわすたびに不快そうな顔をするのが業腹だ。彼奴《きやつ》め体面を気にするタイプなのか、ヨーゼフに恥をかかされたとでも思ったのかもしれない。しばらく前から夜の散歩で会わなくなって清々した——等々。

「一度などは、私に向かって『常識が無い』とまで口走った。それは君の方だと返してやったよ。常識に欠けるやつほど自分の常識を疑わないものだ。妻が聞いた噂話《はなし》ではろくに家族サービスもしていないようだし、あんなのを夫に持った奥さんが気の毒になるよ。幼児性が強いと言うのかな。年長者として、悪いところは悪いと言ってやらんと」

能戸の態度にも問題がありそうだが、クラタ氏の方もだいぶ意固地になっているようだ。あの分だと、能戸の弱みを探るくらいのことは考えるかもしれない。

俺の名刺を持っていて能戸と接点があり、しかも大いに含むところがある。実年齢より若く見えるから、変装の仕方次第では偽探偵もこなせるだろう。なんなら人を雇った可能性もある。第三の容疑者だ。


——戸村が長々と話し終えた頃には、俺のコーヒーはカップの底が透けて見えるくらい減っていた。それに気付かないほど聞き入ってしまっていた。

「偽探偵に調べられていた被害者が能戸さん。彼と業務上のいざこざがあったサオトメさんの従弟に、能戸さんの同僚でライバル社員のマキノさん。能戸さんと御近所トラブルのあったクラタさん、ですか」

コップを磨きながら聞いていたマスターが、関係者を手短に羅列する。

「まずはその三人から検討するのが建設的でしょうね」

「同感だが……三人とも、どうにも決め手に欠ける」

この店に来るまでの間にさんざん考えたのだろう。戸村の声には疲労の色が濃い。肩を落として冷めたコーヒーをすする姿が暗示的だった。

コーヒーといえば——と、残り少なくなった自分のカップを見下ろして、迷う。飲み終わったのに居座っていいものなのだろうか。

その逡巡を見透かしたような声は、全く予想外のことに、すぐ隣からかけられた。

「おかわりなら注文してくださいね。サービスじゃないので」

優しくもきつくもない、喜怒哀楽の中心点のようなトーン。先ほどコーヒーを出してくれたあの少女が、いつの間にかカウンター席に座っていた。俺を挟んで戸村と逆側の席になる。盗み聞きに夢中で全く気付かなかった。

店員だと思っていたが違うのかもしれない。今の彼女はエプロンを外してカウンターへ腕を置き、ホットミルクのカップを両手で包むようにしている。ショートの黒髪に縁取られた横顔には表情がなく、ぼんやりと気の抜けた目をしていた。

何者か知れない相手に言われても、にわかに返事もできない。俺の困惑を察してくれたのはマスターだった。

「すみません。娘が失礼を……」

「娘?」

「はい。手が回らない時に手伝わせています。つい先日までいてくれたアルバイトが、急に都合が悪くなってしまいまして……」

さっきまで落ち着き払っていたマスターが、釈明のためか必要のないことまで口走っている。

当の「娘」は、我関せずという風に手元のカップを見つめていた。

そんな少女の様子を俺の頭越しに眺めて、戸村が笑う。

「芹《せり》ちゃんは相変わらずだな」

常連客らしい探偵は彼女の態度にも慣れているようだ。マスターは笑顔を作り損ねたように恐縮している。対照的な二人の有り様に、俺は落ち着きを取り戻した。

「それじゃ……もう一杯お願いします。同じのを」

幸い財布の中身にはまだ余裕がある。偽探偵の話に区切りが付くまでは帰れない。

「かしこまりました」

マスターもまた職業に戻ってコーヒーの用意を始めたところで、二人席の女性、麻子が口を開いた。偽探偵探しの再開だ。

「怪しいのはサオトメとかって女じゃないのか？」

「いや。能戸とトラブルがあったのは、サオトメさんの従弟の方だよ」

訂正する戸村に、麻子は小さく首を振った。

「従姉貴《あねき》の方だって、辺宮精機と取り引きのある会社にいるんだろ？　有力社員である能戸の弱みを握れば、辺宮に対して優位に立てる」

ちらと見やると、麻子は顔中の皺の縁を桃色に染めていた。すっかり酔っているようだが、一方で眼には知性を残している。応える戸村は心なし不服げだった。

「そんなことをする人には見えなかったけどな……」

「入れ込むじゃないか。好みの女だったのかい？」

「そういう話じゃない」

「そういう話じゃなきゃ、断るつもりの依頼の詳細を聞いたりしないだろ」

言われてみれば、戸村は最初から依頼を受ける気がなかったのに、サオトメから夫の不審な行動を聞き出している。下心でもなければ期待を持たすようなことはすまい、という指摘は的外れとも言いがたい。

戸村はもう返事をしなかったが、しかめ面を隠すように帽子をかぶり直す姿が全てを物語っているようではあった。

「さすがの観察眼ですね」

俺の一杯目のカップを下げながら言うマスターに、麻子はよしてくれ、とハエでも払うような仕草をした。

「連れ合いを亡くして長い中年男の考えることなんざ、占い師でなくても一目瞭然だよ」

麻子は占い師なのか。言われてみるとそれらしい風格がある。

戸村は帽子を目深《まぶか》にかぶったまま咳払いした。

「なんにせよ……サオトメさんが俺の偽者を操った可能性は低いと思う。能戸に致命的なウィークポイントがあるという確信があればともかく、そうでなければリスクが勝ちすぎる。彼女には社会的地位があるわけだからな」

従弟の恨みを加えても動機には弱いか。麻子はあっさり引き下がった。

「じゃあ、従弟の方はどうだい。ずいぶんな仕打ちを受けたそうだが」

「可能性はある。ただ、復讐するにはやり方が回りくどい気はするな。やはり能戸に弱みがあると確信していなければ踏み切れないだろうし。けど、能戸は神経質なところはあってもそれだけに潔癖で、社会的な傷を抱えている様子はない」

ん？　と、なにか引っかかりを覚えた。が、それが形になる前に二杯目のコーヒーが出てきて思考が途切れてしまう。そのコーヒーを出したマスターが話を接いだ。

「では、サオトメさんの従弟さんは保留として、能戸さんのライバル社員のマキノさんはどうでしょう。自分の恋人と能戸さんの現状を探る、という具体的な動機があり、こちらは仮に露見しても社会的なダメージは少なそうです」

マキノの場合、あくまで事実の確認をしたいだけであって、能戸を陥れるような意図はない。サオトメ従弟が仕返しを目論んでいるという予想よりは心理的ハードルが低いだろう。戸村はうなずいたが、乗り気でもなさそうだった。

「だからこそ、マキノには俺の名刺を使う理由がない気がするんだよな」

「マキノさんはまだ会社に馴染んでいないのでしょう？　自分で聞き込みするより、探偵を装った方が良いと判断したのでは？」

「それなら最初から俺に依頼すればいい話だ。自分で探偵ごっこをやって能戸や会社に怪しまれるような危険を冒す必要はどこにもない」

「色恋沙汰なら合理的に動けないこともあるだろ。プライドの高い男ならなおさらだ」

麻子の言葉に、戸村は皮肉っぽく口角を上げた。

「経験談か？」

「経験談だよ」

あっさり返されて、探偵は低く喉を鳴らした。

「なら謹聴すべきだが、無軌道な選択まで考えに入れだすとキリがない。ひとまず次へ行こう」

「三人目は、能戸さんの御近所に住むクラタさんですね」

マスターが確認して、戸村がうなずく。

「あの人の場合はありがちな御近所トラブルだが、それだけに根が深い。特にペットが原因の揉め事は感情的になりがちだからな」

「だが、その男が探偵に化けて嫌がらせをしようとした可能性は低いんじゃないか」

薄切りのチーズを口へ運びながら、また麻子が口を挟む。

「クラタとやらは自分の正しさを信じてるからね」

戸村はちょっと宙へ視線をさまよわせて、それから麻子を見て聞き返した。

「……どういう意味だ？」

「犬好きにもいろいろいるが、クラタの場合は、犬は愛されるのが当然で、嫌う方がどうかしてると思うタイプだろう。口では理解のある風を装ってもね」

たしかに、話を聞く限り、犬に怯える能戸をバカにしているような印象を受けた。

「コソコソと身を隠して相手を探るような、卑屈なやり方はよしとしないんじゃないか」

「まるで、自分が間違っているから小ずるい手を使うみたい、か」

クラタが能戸との対決に搦め手を用いれば、飼い犬が自分の弱点だと認めることになる。犬が対立軸の問題でそうなっては元も子もない。

「能戸さんと、どちらに常識があるかを言い争うくらいですしね。それだけ強気な人が、自分から弱者の戦い方を選びはしないでしょうか」

マスターも賛同し、容疑者の一次検討は、戸村の溜息で総括された。

「そうなると……やっぱり偽探偵の正体は判らないままだな」


探偵とマスターと占い師の思案投げ首も空《むな》しく、途方に暮れた沈黙が落ちる。しばらく忘れていたクラシック音楽が耳へ戻りかけた頃。

「……あの……」

口からこぼれ落ちた自分の声が、やけに大きく聞こえた。大人たちの視線が集中する。小さからず気後れしたが、頭の中の考えを打ち明けたいという欲の方が強かった。

「思ったんですけど、サオトメさんの……あ、ごめんなさい。話、聞こえてて」

「ん？　ああ……それは構わないけど。なにか思い付いたのか？」

戸村は戸惑いつつも好奇心の勝った顔で訊いてくる。俺は口を開きかけて、舌が乾いていることに気付いてコーヒーを含んで、ゆっくり飲み込んでから続けた。

「サオトメさんの従弟の話で、能戸さんに弱みがあるって確信がなければ探偵になりすます価値がない……とか言ってましたよね？」

「言ったな。能戸にそう大きな問題がなさそうだってことも」

「それですよ。能戸さんに問題がなくても、あるように見せることはできる」

戸村はなにも言わなかったが、視線で先を促してきた。

「実際にはなんの秘密もなくても、誰かがしつこく嗅ぎ回っていれば『探られるような秘密を抱えてるに違いない』と周りから勘繰られるようになるんじゃないですか」

現に能戸の同僚は、今回のことでサオトメの従弟が引責した件に裏があると疑い始めている。噂が広まれば、実は全面的に能戸の失態だった、という認識が定着してしまうかもしれない。

「つまり、偽探偵の目的は能戸の弱みを探ることじゃなく、能戸に弱みがあるかのように、周囲へ思い込ませることだったって言うのか？」

感心と疑わしさが半々に籠もった息を吐く探偵に、俺は、中学の時の同級生を思い出しながらうなずいた。彼は身に覚えのない万引きの噂を広められて、一時期不登校になったのだ。

「どう、ですか……？」

戸村は少し考えて、うん、と小さくうなずいた。

「悪くないんじゃないか。能戸について聞き回れば事足りるってハードルの低さがいい。自分でスキャンダルを捏造《ねつぞう》する手間がないのも経済的だ。難点と言えば能戸へのダメージが不確実なところだが……逆に、イタズラ感覚で実行しやすくなるかもな」

今まで出た意見の中では一番妥当に感じているようだ。

「その場合、偽探偵の正体はサオトメさんの従弟の可能性が高いか。マキノにはライバルを蹴落とすという動機はあるかもしれないが、勝ち味があいまいで手間とリスクに見合わない。クラタ氏はプライドが邪魔するだろう」

改めて犯人の見当を付けていく戸村。一方、麻子は面白くもなさそうにぼやいた。

「もしそうなら、ひたすら遠回しなだけの嫌がらせだね。つまらん話になった」

「いや、面白いかどうかって話じゃねぇから……」

手刀《てがたな》を横に振る戸村だが、彼は彼ですっきりしない顔ではあった。

「しかしまぁ、偽探偵がサオトメ従弟だとして、やっぱり追い詰めるチャンスはないか。やつの勝ち逃げになるな」

ここ数日、偽探偵は現れていない。目的がただの嫌がらせなら、本物の探偵が出張ってきているのに続けようとはしないだろう。

「……そう、ですね」

自然と肩が落ちる。せっかくそれらしいアイデアを出して謎解きに加わったのに、それが正解なのか確かめることもできない。

そんな俺の様子に気を遣ってくれたのか、戸村は気楽な声を出した。

「なに、なかなか面白い話だったよ……あぁ、ええと」

目顔で問われて俺は、よく知っているはずの言葉を何度か舌に乗せ損ねた。空《から》の息を吸って、吐いて、それからようやく声に出す。

「小南《こなみ》です……小南通《とおる》」

「コナミくんね。見ない顔だが、この辺の子か？」

「いえ。今日はたまたま、雨宿りに……」

会話しながら、戸村は俺の手元の文庫本に目を留めていた。なにか気になるのかと思ったが、探偵はそれについてはなにも触れずに懐を探り、

「じゃあ、これきりかもしれないが……記念に取っといてくれ」

と、名刺を差し出してきた。今まさに問題になっている、金のラインが入った真新しい物だ。

名刺交換の作法なんて知らない俺は、おっかなびっくり、長方形の紙片を受け取った。

「どうも……」

初めての経験に、あいまいな返事しか出てこない。俺は今、どんな顔をしているのだろう。探偵は微苦笑とともに言い足した。

「そうありがたがるような物じゃないけどな。ま、偽探偵みたいに悪用はしないでくれよ」

まさか……と、俺は笑おうとした。しかし。

「違うと思います」

出し抜けな否定に、表情筋がぴたりと固まる。先ほど同様、言葉の主へ視線が集まった。

「芹」

マスターが口にした娘の名には、たしなめるような響きがあった。

その娘は相変わらずの薄い表情でカップを傾けていたが、父の声にうっそりと顔を上げた。マスターの困り顔を見て、一度まばたきして、それから俺を見つめてくる。ぴったり目玉の中心で静止したような瞳と視線がかち合って、自分の血の流れまで止まった気がした。静止が解けたのは、視界の中で彼女の唇が動き出したからだ。

「偽探偵はサオトメさんの従弟ではないと思います」

淡々と続く言葉へ、咄嗟《とっさ》に反応できない。それでいてなんとなくショックを受けていた。

「どうしてそう思う？」

代わりに戸村が聞き返した。カウンターへ頬杖を突いて、興がった顔を少女へ向けている。芹は、よく通る澄んだ声で続けた。

「眼鏡です。偽探偵とサオトメさんの従弟とでは、ちぐはぐです」

　そこでふと気付いた。芹は最初から俺じゃなく戸村と話している。彼女と探偵の間に俺がいるから、自分が話しかけられていると錯覚しただけだった。考えてみれば、店員と常連客同士の会話に初対面で割り込んだ俺が非常識なのだ。

　痛恨の俺をよそに、戸村が反論した。

「ちぐはぐ……って言っても、偽探偵は度の入った眼鏡を使ってた。サオトメさんの従弟はコンタクトレンズを落としたっていう写真で目を細めている顔が写ってた。両者とも視力矯正の道具を使うんだ。おかしくないだろ」

「偽探偵は、眼鏡を外した時に目が小さくなったように見えたんですよね？」

「ああ、でもそれが――」

　言いかけて、戸村はそれが意味するところに気付いたようだった。それまで黙って聞いていた麻子がワイングラスの脚でとんとテーブルを叩く。

「物が大きく見えるのは凸《とつ》レンズで、凸レンズを使う眼鏡は老眼用か遠視用。でも、目を細めて物を見るのは近視のやつの仕草だ」

　それで俺にもようやく飲み込めた。目の状態によって使う眼鏡が変わることくらいは知っている。近眼なら凹《おう》レンズを使うはずだ。

　一同が理解したと見ると、芹は誇るでもなく話を続けた。

「ちょっと見ただけで目の大きさが変わって見えるくらいなら、偽探偵が使っていたのは相当に度の強い凸レンズの眼鏡だったんでしょう。一方で、写真を撮られる時にカメラを探して目を細めていたサオトメさんの従弟は、かなりの近眼と考えられます」

「そうなると、サオトメさんの従弟が偽探偵である可能性は限りなく低くなりますね」

娘の話をまとめるマスターの言葉に、戸村がうなずく。

「目的がただの嫌がらせなら、誰かに偽探偵を依頼する可能性も低いだろう。プロに頼めば馬鹿にならない金がかかるし、友人知人に頼むには後ろ暗い話だ」

俺の説はほぼ打ち倒されたと見ていい。探偵に名刺をもらって舞い上がっていた頭に、冷や水をかけられた心地だ。

自然と、挑むような声が出た。

「だったら……偽探偵の正体は何者なんだ？」

今まで検討した人物には、いずれも否定的な意見が優勢だった。では、戸村の把握していない誰かなのか。だとしたらさっきまでの話し合いは全くの無駄だったということになってしまうが。

そうはならないでほしい。どうせならそこも覆してくれ、と、芹の人形めいた顔を見つめた。

そんな顔だからわずかな変化が目に付く。薄い唇がほんの小さく開いた。俺が自分へ話しかけてきたことに驚いたようだった。そして今度は間違いなく、俺に向けて言った。

「一人だけいる。能戸さんのことを調べる動機があって、戸村さんの名刺を手に入れることができて、今までの話に出てきた人」

誰だ？　やはりさっきまでの検討に抜かりがあったか？　能戸の上司とかって言うんじゃないだろうな。いろいろな可能性を思い浮かべて、そのうちのどれが来ても動じないように身構える。

しかし芹が口にしたのは、俺が一度も考えなかった名前だった。

「能戸さんだよ」

俺が聞き違えたのか、それとも芹がなにか勘違いしているのか、判断が付かなかった。

頭の中の疑問符が表情にまであふれていたのだろう。芹はもう一度繰り返す。

「能戸さんが偽探偵なら、全てに説明が付く」

「いや、能戸って……偽探偵に嗅ぎ回られていた本人だぞ？」

戸村たちにも意味が解らなかったらしい。返答を待って芹を見つめている。当の芹は集中する視線にも動じず、はっきりうなずいた。

「知ってる。でも、その事実は否定の根拠にならない」

「なにがどうなったら、探偵のふりをして自分のことを調べるんだ？」

「第一に、能戸さんは自分と正反対のキャラクターを持つマキノさんに、花形社員の座を脅かされつつある」

答える芹の声は平板で、冬の水みたいな冷たさと透明感がある。

「それまで、サオトメさんの従弟の件みたいな失敗からも保護され、特別扱いされてきた能戸さんにはショックだったと思う。クラタさんとの口論からしても、気位のある人みたいだから」

「それで自分の評判を調べだした？　でもそれなら――」

言い返そうとした言葉は、芹ではなく麻子に遮《さえぎ》られた。

「自分で訊いて回ったんじゃ本音は聞けないよ。能戸は会社のベテランで、引き抜きを警戒されるほど優秀な社員なんだ。おべっかやはぐらかしが返ってくるだけだろうさ」

それで探偵を装ったのか。口にする前に疑問が消されて黙る俺に、芹が補足する。

「本物の名刺を使ったのは、化けの皮を二重にかぶるためってところかな。スマホ一つあれば名刺から身元を調べられちゃうけど、逆に言えば、ネットで確認できればひとまず安心させられるから」

ネットで確認という一手間を経るからこそ、自分では用心深いと思っている人間ほどころりと信じ込む。芹の推測に、戸村がうなずいた。

「実在する探偵の名前を使えば、実在する証拠が相応にあるわけだから、当座は騙し果《おお》せるだろう。俺は顔バレのまずい仕事もするから、事務所のホームページに写真を載せてないしな」

「じゃあ、本物の探偵に依頼しなかったのは……」

次の疑問にも芹は即座に答えた。頭の中に答えを用意してあったのだろう。

「会社に察知された場合に厄介を避けるためだと思う。実際、戸村さんは辺宮精機から怒られたし、裁判沙汰になったらプロの探偵でも守秘義務を守れないかもしれない。自分が作り出した偽探偵なら、いざとなれば即座に消滅させられる」

その点は納得した。しかしそれを認めるのはなんとなく癪《しゃく》で、話を進める。

「……理由の第二は？」

「第二には、能戸さんの元の恋人が、マキノさんと付き合っていて結婚まで考えている。マキノさんの性格からしてそういうことを周囲に伏せておくとは考えづらいから、能戸さんにも伝わってる可能性が高い」

「……自分と破局した恋人が、自分と正反対のマキノさんと上手くいってることで自信を失くしたってことか？　でも、能戸さんも結婚してるんだぞ」

「だからこそだよ。能戸さんは御近所のクラタさんと何度も口喧嘩をしてた。能戸さんのように偏屈な夫を持って奥さんが気の毒だと思っているクラタさんが、口論の中でそれを指摘したとすれば、能戸さんは男性としての自分に不安を感じるかもしれない」

芹はそこで言葉を切ったが、根拠が足りないと思ったか、一拍置いて続けた。

「能戸さんって人は神経質な性格で、会社にも気を遣われてるくらいだからね」

「それで、自分の家の近所で自分の評判を訊いて回った、か……」

能戸がそのまま訊いて回るのは常識的に考えて変だし体面に係わる。相手方も遠慮した答えしか返さないだろう。

そういえば戸村は、偽探偵は能戸と直接に面識のある相手を避けていたと言っていた。偽探偵が能戸だとすれば、それは会社へ察知されないようにするためだけではなく、変装を見破られる可能性を低くするためでもあったと考えられる。

能戸は不器用さとプライドの高さから、周囲からの偽らざる評価を確かめずにはいられなくなった。なるほど動機については理解できる。しかし俺は、この説には根本的なところで無理があると気付いていた。

なんだか意地悪く足をすくう心地になったが、言わないわけにもいかない。

「でも……いくら動機があっても、能戸さんには無理だろう」

「無理？」

芹は表情を変えずに目をまたたかせた。自分で犯人の条件に上げていたのに忘れているらしい。

「名刺だよ。能戸さんには、戸村さんの名刺が手に入らない」

この一件の最大のヒントにして、偽探偵になるために必須な小道具だ。現物か複製を手に入れるチャンスがない者には犯人の資格もない。

「ああ、名刺か」

致命的なはずの指摘はしかし、あっさりと受け止められた。

「それなら、奥さんが持っていたから入手の機会はある」

唐突な人物が出てきた。探偵は目を白黒させて芹を見やった。

「待ってくれ。能戸の嫁さんなんて俺は知らないぞ。当然だが名刺を渡した覚えもない」

「いえ、戸村さんは能戸さんの奥さんに会っているはずです」

「はず、と言われても……」

「思い出してください。クラタ氏は最近、夜の散歩で能戸さんと会わなくなったと言っていたんですよね。『会わなくなった』ということは、以前は会っていたということです。なぜ会わなくなったんでしょう?」

「能戸の帰ってくる時間が変わったから……か?」

「マキノさんは昇給を当てにして婚約指輪を買ったそうですが、高額の指輪を買えるほど給料が上がる当てというのはどんなものでしょうか?」

「転職……は、ないか。引き抜かれて一年目だしな。となると、昇進の役職手当やボーナスを予期して……」

そこまで言って、戸村は引っかかりを覚えたようだった。俺もどこかで聞いた話だと思った。

だが、それを思い出す前に芹の言葉が続く。

「クラタさんに夫婦関係について説教をされ、心当たりがあったとして、能戸さんはどう行動するでしょう?」

「そりゃあ……反省して、女房に優しく…………おい、まさか」

思い出されるのは、夫の浮気を疑い、戸村探偵事務所のドアをノックした女性が持ち込んできた相談事だ。

『その「様子がおかしい」っていうのも、帰りが一、二時間遅くなっただの、電話に過剰に反応して落ち着きがなくなっただの、急に優しくなっただのって、どうとでも説明できそうなものばかりだ。』

『ナーバスになってるのは、会社で大規模な人事異動が近いからだろうと推量されていた。』

「――サオトメさんが、能戸さんの奥さんだって言うのか?」

言葉を失っている戸村に代わって、俺が結論を口にした。だが、そこに至る理路には多くの障害があるように思える。まずは探偵に確認しなければならない。

「サオトメさんの本名は能戸っていうんですか?」

戸村は、そんなわけないだろ、と即座に否定して芹へ抗議した。

「名刺を交換したんだ。彼女の名字が能戸だったらすぐに気付く」

「名刺に載っているのが本名とは限らないでしょう」

対して芹はあくまで平静だ。父親を見上げて訊く。

「よくモーニングを食べに来る高村《たかむら》さんの御夫婦も、職場じゃ別の名字を使ってるって言ってたよね」

「あ、ああ……職場結婚してそのまま仕事を続けてらっしゃるからね。業務連絡が混乱するといけないから、奥さんは仕事上は旧姓で通しているとおっしゃっていた」

急に話を振られて面食らうマスターだったが、返事は明瞭だ。娘はなおもマイペースで、確認に感謝するでもなく話を続ける。

「サオトメさんは職場で責任のある地位に就いているんですよね。業務上の人脈が多いほど、姓を変えた時の混乱は大きくなります。だから旧姓で仕事をして、名刺もそれに倣《なら》っているんじゃないでしょうか」

「いや、いや。違う。違うんだ。そんなわけが……あ、いや、だが……」

芹の勢いに圧されてか、戸村はあいまいにうめいた。少しうろたえすぎているように見えるが、混乱しているのだろうか。なんとなく援護したくなって、疑問を口にした。

「でも、そんな偶然ってあるか？　戸村さんのところにたまたまやってきた客が、たまたま偽探偵の妻だったなんて……できすぎてる気がするんだけど」

芹は「どうかな？」と首を傾げた。今まで見た中では子供っぽい仕草だった。

「偶然と言うけど、サオトメさんは複数の探偵を訪ねているんだよ。戸村さんはたまたま二軒目だっただけで、そのあとも他の探偵社を当たってるかもしれない。そして、この件の登場人物は、みんな探偵を探してたことを忘れちゃいけない。サオトメさんと、マキノさんと、クラタさんと……三人が共通して持ってる名刺は、戸村さんの物だけじゃない可能性はむしろ高い。その中でたまたま戸村さんの名刺がトリガーになったのは、特に意味のあることじゃないと思う」

能戸が自分の評価を気にするあまり挙動不審になり、それを怪しんだサオトメが近辺の探偵に調査を依頼して、彼女が持ち帰った探偵の名刺を能戸が見つけ、偽探偵になることを思い付く。これが真相なら、できすぎなようでいて必然でもあるというわけだ。

名を騙られた探偵の名刺は、近隣で探偵を探していたマキノやクラタの手にも渡っていた。

「この件の『偶然』は、戸村さんが名刺を作り直したばかりだったということ。そして融通の利かない能戸さんは、真正直にそのままコピーして使った。そのお陰で犯人探しの範囲が狭まって、偽探偵の正体を特定しやすくなった」

芹はそこまで話すと、手元のカップに口を付けた。冷静なりに呼吸《いき》が速くなっていて、カップの中身に小さな波紋を走らせている。

ついさっきまで最低限の会話に徹していた少女とは思えない饒舌《じょうぜつ》ぶりだ。そうして異なる文脈に錯綜《さくそう》する情報からヒントを拾い上げ、俺にはたどり着けなかった仮説を組み立ててみせた。

どうしてこんな曲芸めいた思考ができるのだろう？　このあざやかさは、まるで……。

俺が思いをめぐらすうちに、しばらく黙っていた麻子が口を開いた。

「なるほど。サオトメが能戸の女房だという条件は合うようだ。でも、それは合格ではあっても証明にはならないんじゃないか」

芹は麻子の方を振り向いて、素直にうなずいた。

「それはそうです。偽探偵が能戸さん自身であるという結論も、ただの憶測です」

「やけに簡単に認めるね」

「わたしは無責任ですから」

――無責任。そうか、無責任なんだ。芹は店にも客にも、ひょっとしたら父親にすら無頓着で、だから常識に囚われない飛躍ができる。突飛な考えを口にするのにも躊躇《ちゅうちょ》しない。

まるで名探偵のような無責任少女は、自分の推理も投げやりに締めくくった。

「この状況を矛盾なく説明できる憶測が他に思い付かないって、それだけです」

それから少しの間、誰も口をきかなかった。芹の説を各々の頭の中で検討し、他に答えがないのかもう一度考えてみる。その沈思黙考も、マスターが拭いたグラスを棚に戻し終える頃に破られた。考察の再開を告げたのは、渦中の探偵だ。

「ターゲットが能戸じゃなかった、ということはないか？　探偵・戸村和平の評判を地に落とすために――」

これには麻子が首を横へ振った。

「却下だね。あんたには地に落とせる評判なんて元からないだろう」

「そう言われちまうとな……」

戸村も本気で言ったわけではないのだろう。拗《す》ねたような口振りが芝居がかっている。

「そうなると、芹ちゃんの偽探偵＝《イコール》能戸説しか残らなくなるな……信じ難くはあるが、判っている事実と人物の性格を考えていくと辻褄は合う。合っちまう」

帽子で顔を隠して辟易する戸村へ穏やかな目を向けて、マスターが訊く。

「どうなさるんです？　能戸さんが偽探偵だったとして、再び現れる可能性は低そうですが」

「そこが考えどころだな。能戸かどうかはさておき、やはり偽探偵はもう現れないと思う。実害も小さかったし、正体の見当が付かなければ放置したかもしれないが……」

戸村はそこで芹を見て苦笑いを浮かべ、嘆息した。

「能戸が怪しいとなれば、裏は取ってみるかな。サオトメさんの依頼のこともある」

「芹のお陰で人妻に会う口実ができたじゃないか」

「だから……そうじゃねえってば」

ようやく酔いが頭へ回ったのかしつこく混ぜっ返す麻子と戸村の言い合いが始まり、偽探偵事件の話題は打ち切られた形になった。

俺はと言えば、いつもポケットに入れている手帳を開いて事件の概要をメモしていた。奇怪なようでいて呆気なく、取るに足らないようでいて興味深いエピソードだ。

「自分で自分のことを探偵するなんて……」

思わず独り言をもらす。小さな声だったので誰にも聞こえないと思ったのだが、思わぬいらえが返ってきた。

「鏡を見るのと同じことだよ」

芹だ。相変わらずの素っ気なさで、こちらを見もしない。

「程度の問題でしかない」

そしてずいぶん端的な物言いだった。けれど、不思議にすとんと腑に落ちる。

「そうか……そうだよな」

だから感謝の意を込めて言ったつもりだったが、彼女からの反応はない。会話が終わってしまうことに焦りのようなものを感じた。

「……コーヒーは、飲まないのか？」

なんとか思い付いた話題は事件とは関係ないものだった。また無視されるかと思ったが、視線だけは返ってくる。敵意も好意もなく、ただ発言の趣旨を問う目だ。

「ここのコーヒーすごく美味しいから、飲まないのはもったいないなって」

「ありがとうございます。なによりの報酬ですよ」

マスターがにこやかに礼を返してくれる。細めた目の柔らかさからして、まんざら社交辞令とも思えなかった。俺も会釈を返したところで、ようやく芹が口を開いた。

「コーヒーに含まれるカフェインは毒だから――」

なにを言われたのか理解できない。しかし芹の言葉は交通情報でも読み上げるかのようにすらすらと続いた。

「脳は防衛反応として中枢神経の興奮や覚醒作用を起こす。利尿作用があるのも同じ理由で、体が植物毒と認識して速やかな排出を促すから。コーヒーを美味しいっていう人は、そんなマゾヒズムをありがたがって『深い味わい』だとか『気高い香り』だとかうそぶいてる。別にいいんだけどね。わたしはそういうのに馴染まないから、コーヒーを飲む気にはならない」

呆気にとられた。仮にも喫茶店の娘の言い草だろうか。

「やめなさい芹っ……お客様になんてことを」

あわてた父にたしなめられても芹に応えた様子はない。平然とカップを傾け、それから小さく頭を下げてきた。謝罪よりもなにか、距離をおくための礼に見えた。どうだ、わたしと話してもつまらないだろう、という風に。

もしその想像通りなら、逆効果だ。さっきの突飛な推理も合わせて、この風変わりな少女への興味はますます強くなった。俺がこのコーヒーに感じた「文学」を殺風景な理屈で拒絶した、けれど平凡からは懸け離れた個性。

……変なやつ。

心中でつぶやきながら、芹の少し眠たそうな横顔を盗み見る。おもちゃのように小さなあくびを嚙《か》み殺していた。


「るそう園」から出ると、外はもう暗くなっていた。街灯に死角の多い裏通りは一瞬ぎくりとするほど闇が濃い。肌を撫でる靄の冷たさに、そういえば雨宿りをしていたのだったと思い出す。

パーカーの前を閉じながら数歩進んで振り返り、ビルを見上げた。

見渡す限りでは一、二を争う高さで、五階建ての全階が商業店舗やオフィス向けになっているようだ。金属製の案内板を見ると「ハニコム小室《こむろ》」という屋号と、入居しているテナントのプレートがはめ込まれている。

三階に「アザゼル麻子の占い館」、四階に「戸村探偵事務所」とあることからして、麻子と戸村はこのビルの住人《テナント》なのだろう。喫茶店の常連なのも当たり前か。

疲労とも憂鬱とも違う溜息が、夜気に凍えて白く映える。今日はいろいろなことがあった。学校がとにかくつまらなくて、行く当てもなく街をさまよい歩いて、行き着いた喫茶店であぁだこうだと偽探偵の正体を論じ合った。

これが俺の探していた文学的な体験なのかはよく判らない。文学というには高尚さに欠けた話だった気もする。けれど、かつて感じたことのない確かな充足感が胸にあった。それは喫茶店から漏れ出る淡い灯火に似ている。

俺はポケットの中の名刺をそっと握り、平凡で退屈な街へと踵《きびす》を返した。

B

戸村和平に初めての名刺を与えた会社は、名刺を作って間もなく潰れた。正確には同業他社に吸収合併され、多くの社員が解雇された。営業部でがむしゃらに働いていた戸村青年も呆気なく放り出され、部署柄《がら》大量に刷った名刺はその一割も配れなかった。

途方に暮れながらも、若かったので当座はアルバイトでしのげた。なまじしのげてしまったせいで危機感が湧かず、半年経った頃には働いている時間より雀荘にいる時間の方が長くなっていた。彼は、そこで探偵に出会った。

それは再会でもあった。大学の先輩で、遊び人として有名だった古藤《ことう》という男だ。在学当時はほとんど話したこともなかったが、お互いを対面《トイメン》に認めれば思い出せる程度には顔を覚えていた。豪放な面構えをして、金は無いのに周囲から頼られる、キャンパスの顔のような存在だった。

その古藤に大負けして、戸村は少なからぬ借金をこしらえた。

「暇にしてるなら、俺の仕事を手伝ってみないか」

古藤は探偵事務所を営んでいた。大学を出る前から大きな事務所でアルバイトをしてノウハウを学び、口八丁で資金を調達したのだという。だが人を雇う余裕まではなく、小手先の仕事しかできていなかった。そこで、借金を帳消しにするから助手をしてくれないかと言ってきたのだ。当時付き合い始めた彼女への面目のためにも定職を求めていた矢先の提案だった。戸村は流されるまま、二年ほども古藤と組んで探偵をやっていた。

この時は名刺を作らなかった。名刺を持っていたのは「所長」の肩書きを持つ古藤だけだ。事務所のチラシが戸村の名刺代わりだった。

受け身で始めた探偵稼業だったが、やってみると宮仕えよりよほど性に合った。学生の頃からカメラが趣味だったから、被写体が不倫中の男女でも写真を撮って金になるのがありがたかった。徹夜《しごと》明けの酒盛りが苦にならない体質だったこともあるだろう。

ある時、古藤が張り込み中の車の中で言っていた。

「念願だったんだよ。探偵やるのが。いや、シャーロック・ホームズやフィリップ・マーロウに憧れたわけじゃない。夏目《なつめ》漱石《そうせき》が『彼岸過迄』で書いてたような、人間の異常なる機関《からくり》が暗い闇夜に運転する有様を……なんだっけか？　駄目だ、思い出せねぇや」

陽気で軽薄な男だったが、そう語った時の様子は神妙なものだった。ハンドルに顎を載せ、早朝のゴミ捨て場に群がるカラスを、カラスの色の瞳で見つめていた。戸村はその横顔を写真へ収めた。やめろよと、わりと本気で嫌な顔をされた。

コンビの解消は唐突だった。戸村が恋人と結婚式場の下見をするために休みを取った日の真夜中、病院から電話がかかってきた。古藤が大怪我をして運び込まれたのだという。

戸村が病院へ駆け付けると、頭を包帯でぐるぐる巻きにした古藤がＩＣＵのベッドで待っていた。麻酔でだいぶぼんやりしていたが、それでも古藤は戸村との会話を望んだ。

聞けば、浮気調査の尾行をしていた女の情夫がその筋の者で、張り込みに気付かれて滅多打ちに殴る蹴るされたのだという。道理で金払いのいい依頼人だと思ったよ、あれが相手だと知ってたんだなと、古藤は潰れた鼻をずずと鳴らした。

「殴られてる途中は、ちょっと気持ちいいんだ。頭の中にガツンて火花が散って、空飛んでるみたいでさ」

正気に返ったのは、ゾンビの色になった自分を鏡で見てからだったそうだ。ああ、これはもう駄目だと悟ったと、彼は言った。探偵業のことを言っているのだと、不思議にすぐ理解できた。それ以前から長続きはしないと思っていたのだろう。顔面を潰されたのはきっかけにすぎない。しかし本当の理由は明言しなかった。戸村も訊かなかった。

古藤は事務所を畳み、郷里へ帰った。何年も経ってから、思い出したように結婚を報告する葉書が送られてきた。中古車のセールスでそこそこ稼いでいるという。

残された戸村は探偵を続けた。顧客やコネを古藤から受け継ぎ、雑居ビルのフロアに事務所を開いた。なぜ探偵業にこだわったのか、自分でも納得できる理由はない。他にできることがなかっただけかもしれない。

ともかく戸村は、そこでようやく生涯二つ目の名刺を作った。

『戸村探偵事務所　所長　戸村和平』

やがて子供たちが生まれ、入れ替わるように妻を亡くした。人生の季節はめまぐるしく移ろったのに、惰性のような探偵稼業だけが変わらずに続いている。盗聴器と小型カメラの詰まった段ボール箱を見るたび、相当にあさましい仕事をしているなと思うものの、古藤のように限界を感じることはなかった。要するに理想が低いのだろう。

そんな戸村の事務所へ、早乙女《さおとめ》愛里《あいり》はある日突然に姿を現した。


三十数年ぶりに顔を合わせた彼女は姓を阿藤《あとう》と変えていたが、別人にしてはあまりに面影が濃かった。結婚して名字が変わったのだろうと思った。

淡色のスーツは仕立ての高級品だろう。吊るし売りの服ばかり着ている自分とは比べるべくもない。昔は顔にべたべたと塗りたくるのは気持ち悪いと言っていた彼女だが、今やメイクも堂に入っていた。

そんな愛里も、探偵事務所を訪れる理由はごく平凡なものだった。

「ここ最近、夫の様子がおかしいんです。理由を調べていただけないでしょうか」

戸村はその依頼を断った。本来なら依頼を断る余裕などないのだが、適当な口実があったのを幸いに、彼女の現在を知るのを拒んだ。

早乙女愛里は戸村和平に初めて出来た恋人だった。高校一年生、成績優秀で、いつも気を張っているような少女だった。何度か他愛ないデートをしたが、それだけの関係で終わった。進級を前にして彼女の引っ越しが決まり、そのまま別れたからだ。

引っ越すまでの毎日、手を繋いで家へ帰った。当時の彼女は勝ち気な一方で未知の行為に臆病で、それが精一杯、好意の表現だったのだろう。

別れたあとの愛里とは一切連絡を取らなかった。彼女のその後を知ることで、なにか思い出を裏切られるのが恐かったのだと思う。だからこそ、彼女の中には探偵でなかった自分、何物にも汚れていなかった頃の自分が保存されているような、そんな気がして、依頼を断った。今の自分の生業《なりわい》を見せたくなかった。

愛里の方もなにも言わなかった。三十年以上も会っていなかったのだから顔は判らないにしても、名刺を交換しても反応がない。なにもかも忘れてしまったように見えた。

その後一月《ひとつき》もしないうちに、戸村の名を騙《かた》る偽探偵の事件が持ち上がった。そして喫茶店の芹は、偽探偵の正体を推察する過程で、能戸という男が愛里の夫なのだと言い出した。

最初は、仕事で旧姓を使うとしても「早乙女《サオトメ》」のはずだと打ち消そうとした。「阿藤」ではない。しかしふと、早乙女愛里の引っ越しは両親の離婚絡みだと噂されていたことを思い出した。事実なら名字が何度か変わっていてもおかしくはない。

そうなると偽探偵＝能戸説も検証してみないわけにはいかなくなった。放置して再燃したら商売に障るし、愛里の夫がどういう男なのか興味がないと言えば嘘になる。

具体的には能戸の尾行をした。能戸光太郎《こうたろう》は戸村と同年代の学究肌な男だった。年齢より若く見えるのは、常に手元に問題を探しているかのような落ち着きのなさ故だろうか。眼鏡はかけていないが、駅でコンタクトレンズを確認しているのを見かけた。

噂通り優秀な社員のようで、その分残業も多かった。早く帰れる日でも探偵社が調べた通り寄り道をして、夜も更けてから帰宅している。そのせいか愛犬の散歩をするクラタ——村倉洋二《むらくらようじ》と出くわすことはなかった。

そして、能戸が帰る家には阿藤愛里も住んでいた。表札には「能戸」とだけあるから、彼女の現在の氏名は能戸愛里なのだろう。芹の推察は正しかったのだ。家の中まで覗《うかが》う度胸はなかったが、愛里の運転する車に乗り込む時の夫妻は仲睦まじく見えた。

　そういえば、愛里はまだ探偵を探しているのだろうか？　別の探偵が張り付いていたなら、能戸が偽探偵をしていたことも判ったはずだが……。能戸が戸村の名刺を見つけた時点で、なんらかの話し合いがもたれたのかもしれない。

　仕事帰りの能戸は、カフェの窓際の席へ座って、ガラスに映る自分の顔をじっと見つめて十数分も過ごすことがあった。仕事のアイデア出しでもしていたのかもしれないが、戸村はなんとなく、芹が言っていたことを思い出した――「鏡を見るのと同じことだよ」「程度の問題でしかない」。

　鏡と言えば、いつか古藤がこんなことを言っていた。

「なぁ和平、醜形恐怖って知ってるか？　自分の見た目が酷く醜いと思い込んで、化粧しようが整形しようが一向に満足できなくなるって病気だ。学生の時に付き合ってた女が、普段は大人しいのにやたら鏡を割る子でさ。朝起き抜けに思い詰めた顔で『ブスでごめんね』とか言い出すんだ。参っちゃうよな、俺は可愛いと思って付き合ってたのに。別れてだいぶ経ってから、あれが醜形恐怖の症状なんじゃないかって思い当たった。けど、その時に知ってたとして、俺になにができたんだろうな？」

　しょぼくれた男たちの遁走曲が終わったのは、尾行を始めて二週目を過ぎた頃だった。

　会社からの帰り道、いつものルートから外れた駅に降りた能戸は、コインロッカーから包みを取り出した。パンパンに膨れた紳士服店の紙袋だ。戸村は、下車客の混雑に押し出されたふりをして能戸へぶつかり、袋を取り落とさせた。中身が駅の床へ滑り出して扇のように広がった。

「おっと……すみません」

能戸が迷惑そうにするのにも構わず、落ちた物を勝手に拾い集める。能戸が普段着ているのとは真逆の派手なスーツ、白のヘアスプレー、大きめの眼鏡ケース……。

眼鏡ケースはストッパーのないタイプで、自然な流れで開けてみることができた。案の定、入っていたのは偽探偵の似顔絵に描いたのとよく似た眼鏡だった。もう間違いない。能戸は、変装道具を処分しに来たのだ。

戸村は迷った。ここで自分の正体を明かして問い詰めれば観念するだろうとは思う。だが、それをしてなんになる？　愛里に伝えるのか？　化粧と車の運転を覚えた愛里に。ありもしない夫の不行状に胸を痛めている愛里に。

……いや、それのなにが問題だ？　評判を気にするあまり探偵になりすました能戸の奇行は一種病的だ。妻である彼女には知らせるべきではないのか。その時こそ俺は彼女の依頼を果たし、胸を張って「愛里」と再会できるのではないか。

迷っている時間はない。ここで能戸に逃げられれば決着を付けるチャンスは永遠になくなる。名を騙られた俺には、こいつを裁く権利がある。

やってしまえ。

そう心を奮わせようとした瞬間、視界の隅に小さな紙束《かみたば》が見えた。この何週間かでほとほと見飽きた自分の名刺だ。

数十枚が輪ゴムでまとめられていたが、数が減ったせいで数枚がすっぽ抜けて戸村の足下にちらばっている。それを見下ろしながら思い出した顔は、古藤でも愛里でもなく、出会ったばかりの少年のものだった。

小南くんといったか。喫茶るそう園のカウンター席で、落ち着かない視線を四方八方へ投げては誰かと目が合うたびに逃がしていた。思春期を絵に描いたような高校生だ。夏目漱石を読むふりをして、戸村とマスターの会話に聞き耳を立てて独自の推理まで披露した。芹とは別の方向で変わった子だ。

偽探偵の存在を知った日に、古藤の口にしていた『彼岸過迄』を読む少年に出会った。なにか啓示のようなものを感じて戸村は、彼に名刺を贈った。

その時の彼の顔。戸惑ったような、晴れがましいような顔。こっちがくすぐったくなるような顔を思い出して、戸村は卒然、一つ悟った。

戸村が古藤の去った後も探偵を続けた理由は、惰性だけではなかった。名刺だ。二年間、二人三脚で仕事をする間、所長の古藤だけが持っていた名刺だ。それを手に入れないまま探偵を辞めてしまうのが惜しかったのだ。

長いこと自覚していなかった幼稚な欲望を今さら突き付けられて、戸村は笑い出したくなった。そうしなかったのは、先んじて能戸が声を上げたからだ。

「あっ――」

偽探偵の決定的な証拠になる名刺を、焦って拾おうとしたのだろう。無関係の相手に見られても問題ないはずだが、やましさが彼を狼狽《ろうばい》させたようだ。だが、一息早く戸村が摑んでいた。一枚拾った時点で能戸の動きが止まったから、あとはゆっくり回収する。

能戸がなにか言う前に、にこりと笑って尋ねた。

「あなたのですか?」

能戸はうなずくような気配を出して、戸村の目を見て、目元を痙攣《けいれん》させた。それから、力なく首を振った。

「……いえ。違います」

言葉を吐き出すのには苦労していたが、言ってしまったあとは急に動揺が静まったようだった。たとえは悪いが嘔吐したあとによく似ていた。戸村は鷹揚にうなずいた。

「そうですか。なら、私が処分しましょう」

言いながら、拾った名刺の一枚を真っ二つに破り捨ててみせる。ぽかんと口を開ける能戸へ、中身を詰め直した紙袋を押し付けた。彼は後ろへよろけながら受け取った。

「……どうも」

能戸は憑《つ》き物が落ちたような顔をして、真っ直ぐ改札へと向かった。今日ばかりは妻より早く帰宅するのかもしれない。あのフレンドリーすぎるヨーゼフに絡まれなければいいがと、戸村は彼のために祈った。


プラットホームのベンチで電車を待ちながら、戸村は自分の名刺をぼんやりとながめた。

ただ名前と連絡先の記載された、赤の他人にこそ渡す意味がある紙切れだ。だからこれを渡した瞬間、彼女は他人になったのかもしれない。

愛里。彼女は本当に俺を覚えていないのか? あるいはそもそも、あの「早乙女愛里」とは別人なのか? そんなことを考え込んだ時間もあったが、結局のところ、それは問題ではなかった。

愛里は過去を求めず、求めると求めざるとに関わらず過去は保存され続ける。化石した記憶に薔薇《ばら》は咲かない。

半月余りも能戸を探偵して、戸村はようやくそれを理解した。小器用に見えた古藤もそうだったのだろうか。他人を探ることで、自分という人間の本質を探っていた。恐らくはその無間の責め苦に耐えられなくなったから、彼は探偵を辞めたのだろう。醜形恐怖。自己参照《セルフリファレンス》の結果は必ずエラーになる。

夫の心を、つまり妻としての自分を信じられずに複数の探偵を回った愛里も同じだ。社会人となった今も、そういうところは生真面目すぎたあの頃と変わっていない。

自分自身を探偵しようとした能戸は、戸村や愛里より真正直だったにすぎない。裁く権利などあるものか。戸村も、愛里も、能戸も、見渡す限りの皆が探偵だったのだ。

みんながみんな探偵なら、探偵など存在しないことになる。ならば俺は何者だ？　この名刺に書かれているのはなんだ？　能戸は偽者ではなく、本当に俺だったのか？

『戸村探偵事務所　所長　戸村和平』

もう一度、紙片に載った文字列を目でなぞる。自分ではなんの意味も読み取れない。名刺はなにも教えてくれない。

きっとこれからも、得体の知れないこの札を見知らぬ他人とやり取りするのだろう。それを不安に思わない自分に少し驚いた。なにかに空振りした心地がして寂しくなった。

でも、まぁ……と、

「そんなもんだ」

探偵は夜気に独りごちた。子供みたいだと思いながら、口を衝くのを止められなかった。

「そんなもんだよ」

そんな、言葉の形をした溜息でこの話は終わる。まばゆいライトで行く手を真っ白に塗り潰しながら、ホームへ電車がやってくる。

第二話　日記の読み方　――Unwritten

A

キ、キィッ……と、軋《きし》むような動作音を立ててエレベータが口を開いた。
雑居ビル・ハニコム小室《こむろ》のエレベータのドアは狭く、大人二人が横に並べばいっぱいになる。値の張りそうなマッサージチェアを運び出すには腕力だけでなく神経も使った。片側を持ち上げているだけで汗が止まらない。

それは、もう一方を持ち上げている鷲尾《わしお》さんも同じだった。まだ三十前の年頃で背も高いが、痩せていて体力がありそうには見えない。サラリーマン然としたワイシャツ姿が似合いすぎるくらい似合っていた。

「もう一息だ……頑張ろう、小南《こなみ》くん」

汗で眼鏡のずれた顔に笑みを作り、こちらを励ましてくれる姿には力づけられる。出会って二十分も経っていないのに、不器用かつさわやかな人というイメージが確立しつつあった。

「急いでくれ。廊下が塞《ふさ》がると迷惑だ」

エレベータから荷物を運び出した男二人に涼しい声をかけてきたのは、六十年配の女性だ。紫色に染めた髪が目を引く人だが、今日は大きなサングラスまでかけている。窓から差し込む陽光に馴染まないことおびただしい。

彼女が顎《あご》で示す先には黒いドアがあって、こんな看板がかかっていた。

『アザゼル麻子《あさこ》の占い館』

雲形の木の板に、隷書《れいしょ》体の字が躍っている。目眩《めまい》を起こしそうな胡散臭《うさんくさ》さだが、部屋の主《ぬし》にはマッチしているのかもしれなかった。


俺がこの雑居ビルの一階にある喫茶店「るそう園」を初めて訪れてから、半月ほどが過ぎていた。その間、学校帰りに何度か立ち寄ってコーヒーを楽しんだものの、初日のように特別なことはなにもなかった。つまり、居合わせた客たちと探偵の偽者の正体を語り合うような機会は。

だから、と続けるべきか、マスターの娘である芹《せり》と話す機会もなかった。会わなかったわけではない。店を手伝っていそがしく動いていることもあれば、カウンターの隅に座って本を読んでいることもあった。だが、いつも遠い雲をながめるような、ぼうっとした顔をして、初めて会った時の敏《さと》さは鳴りを潜めていた。あの夜に見た一瀉千里《いっしゃせんり》の推理が忘れられない俺は、なんとはなしに物足りなさを感じながら彼女を遠見にしていた。

それでもマスターの淹れるコーヒーは相変わらず絶品で、喫茶店の味を覚えたばかりの俺をリピーターにするのには十分だった。

今日のように午前中に来るのは初めてだ。日曜日だから高校の制服も着ていない。ポケットには『ねじの回転』の文庫本。いつもはメニューに書いてあるのをながめるだけだったモーニングセットでも食べながら読もうと楽しみにしていたのだが、かなわぬ願いとなった。

るそう園の常連客、占い師のアザゼル麻子が俺のすぐあとから入ってきて、開口一番こう言ったのだ。

「若いの、荷物を運ぶのを手伝ってくれ」

意味が解らない。しかも「若いの」と言った麻子さんの視線は俺に向いていた。もう一人が、カウンター席に居合わせた鷲尾さんだ。

「麻子さん……困りますよお客様に」

割って入ったマスターが聞き出したところでは、リサイクルショップでマッサージチェアを買ったが、部屋へ運び込むサービスの代金をケチったせいでビルの前へ置き去りにされたから運び上げるのを手伝え、ということらしい。

「なんで俺が……？」

そこでようやく抗議の声を上げた。麻子さんと会話したのは初日きりだが、店内で目が合えば会釈をするくらいに馴れてはいる。そして、馴れた小僧の抗議で動じる麻子さんではなかった。

「問答してる暇はないよ。表に置きっ放しだと往来の邪魔になるじゃないか」

公共の交通を人質に取られては是非もない。

「どうも、申し訳ないことになって……後で差し入れを持って行かせますので」

こうして俺たちは、およそなにも悪くないマスターの恐縮に見送られながらマッサージチェア運搬に駆り出された。鷲尾さんはシャツの袖をめくり上げながら、自分は二階にある古書店「晴《せい》蛙《あ》堂《どう》書店」の店主の息子だと名乗った。

「って言っても、僕自身はしがないシステムエンジニアだけどね」

今日は入院しているお父さんに代わって、店内の掃除に来たのだという。変わった店名は岡本《おかもと》綺《き》堂《どう》の小説をもじったということだが、俺は元ネタを知らなかった。


そうして俺は、マッサージチェアとともに麻子さんの占いの館へと足を踏み入れた。

なにかしら神秘的な空間を予想したのだが、正直拍子抜けだった。窓のない方向も含めてカーテンで囲われた部屋の中、小さなテーブルと、麻子さんと客が対面で座るのであろう椅子が一対あるだけだ。水晶玉だとか、占いの道具らしき物も見当たらない。

「……なんか普通の部屋ですね」

率直な感想を口にする俺に、麻子さんは怒るでもなく鼻を鳴らした。

「暗幕を閉じて明かりを絞れば、それらしく見えるもんだよ」

「夜目《よめ》遠目《とおめ》笠《かさ》の内《うち》、ってやつだね」

「ヨメトオメ……？」

聞き慣れない言葉に首を傾げる。鷲尾さんは面倒がる風もなく説明してくれた。

「暗い場所や遠い場所にいたり笠で顔が隠れてたりする相手は、姿形がはっきりしないから、より美しく感じるってことだよ。期待しちゃうんだろうな」

なるほど、暗くするだけでムードが出るというのは解る気がした。視覚の不足を補おうと想像力が活性化するのだろう。オバケは決まって夜中に出る。

「こっちの控え室に置くんだ」

麻子さんの指示に従って一方のカーテンの向こうへ入ると、小さな流し台のある空間があった。控え室と言うが、単にカーテンで区切っただけの台所だ。

鷲尾さんと息を合わせて、ゆっくりとチェアを下ろす。一仕事終えた男たちは全く同じタイミングで額の汗を拭《ぬぐ》い、それに気付いて苦笑いを交わした。

「御苦労だったね」

ねぎらいもそこそこに、麻子さんは早速マッサージチェアに取りかかっている。梱包のビニールを取り払って電源をコンセントに差し込み、放り込むように腰を落とした。

「うん……いいじゃないか。良い物には金を惜しむべきじゃないね」

気前のよさそうなことを言いながら、ずいぶん値切ってやったと武勇伝も聞かされた。呆れながら腕の筋を伸ばす俺の隣で、鷲尾さんがふと思い付いたように訊く。

「麻子さんはどんな風に占うの？」

古書店の身内として他のテナントと親交があるらしく、麻子さんとの会話には親戚を相手にするような気安さがあった。

「ほら……タロットとか、九星術とか、いろいろあるでしょ」

「あたしのは我流さ。ロゴスから身体を解放し上位自然に身を委ね、あまねく天を渡る鷹《たか》の眼を得て万物の運命を見通す」

全く意味不明なのに妙な説得力があるのは、自信に満ちた口調のせいだろうか。

ＡＣアダプターの生えた玉座に身を預け、麻子さんは猫の王様のように目を細めている。ひとまず満足してくれたようだ。さらなる厄介を言い付かる前に退散しようと、俺と鷲尾さんが目配

せし合いながら扉へ向かったところで、

「――ちょっと待ちな。実は、もう一つ頼まれてほしいことがある」

案の定、呼び止められた。麻子さんの声には平手打ちじみた張りがあって、思わず足を止めてしまう。

「なに、肉体労働はおしまいだ。今度は頭を使ってもらう」

頭？　と聞き返す俺には答えず、麻子さんは立ち上がって棚からノートパソコンを取り出した。慣れた手付きでタッチパッドとキーボードを操作し、俺たちの方へ画面を差し向ける。

画面に映っていたのはウェブブラウザで、シンプルなブログが表示されていた。タイトルにはDiaryとだけあり、その日その日の出来事が簡潔に綴《つづ》られている。

「これは……？」

「家出娘の居場所を映す水晶玉さ」

思わせぶりな言い回しで気を引きながら、占い師は問題の依頼人が来た日のことを語り始めた。


――この占い館に立花香織《たちばなかおり》って客が訪れたのは、一週間前のことだ。

明かりを弱い間接照明だけにしたここは、営業前《いま》とはまるで違う空間さ。闇の濃淡で描かれた空気が肌を粟立たせ、カーテンの襞《ひだ》に絡み付いた暗がりが蛇になってねっとり動き出す……と言って、ボロっちいビルの一室には変わりないんだがね。占いなんて神秘を求める客は、暗闇の中に幻を見るものなのさ。

立花香織も、最初はただ緊張していたのが、部屋に入った途端、熱に浮かされたみたいになってあたしの待つテーブルへ着いた。

　歳は五十を過ぎているが、物腰の弱々しさが輪郭を縮ませて一回り幼く見えた。髪型や服装に少女趣味の名残が見え隠れしていたせいもあるだろう。若い頃に買ったブランド物をそのまま使い続けているような印象だ。

「ようこそおいでくださいました。部屋が暗いのは視覚を抑え、別の感覚を研ぎ澄ますためです。あなたもどうか原始の夜、ただ星だけがまたたいた夜空を思い浮かべ、魂《たましい》を宇宙へ解放してください。わたしの占いは――」

　あたしは恭《うやうや》しく口上を述べ、それから免責事項なんかを説明した。

「では、始めましょう。本日はお子様についてのお悩みでしょうか」

「え？　どうして――」

　判ったのかと言えば、単に経験に基づく勘だ。

　家族構成はあらかじめ提出してもらった書類に書いてあった。夫と二十歳の娘との三人暮らし。年齢に関係なく子供になんの不安もない親というのは例外例だし、夫や親戚、近所付き合いの悩みなら多少なりと鬱憤《うっぷん》の気配を伴う。けど、立花香織に感じるのは深い憂《うれ》いだけだった。親の介護や将来に対する相談も少なくないが、夫婦双方とも、両親は亡くなったか別居している。金を払って占いに来る可能性は低いと判断した。

　そんな見込みが的中したことで、彼女はすっかりあたしを信頼したようだった。そう誘導したあたしの方が心配になるような純朴さだったよ。

「お話ししたいのは、娘のことなんです。実は、その……」

「どうぞお話しください。秘密は外へは漏らしません」

「はい。早苗《さなえ》が……娘が、二ヶ月前から行方不明なんです」

香織の一人娘、立花早苗は大学生で、一浪して志望校へ入学した。自宅から二時間近くかけて学校へ通っている。なかなかあわただしい学生生活だが、内向的な性格で交友関係の狭い早苗は受験勉強から解放されて以来暇を持て余していて、特に不満そうな様子は見られなかった。

状況が変わったのは入学から半年ばかり経ってからだった。同じ講義で知り合った先輩に誘われ、早苗は絵画サークルへ入会した。会費や画材の費用のためにバイトも始め、週の半分は深夜に帰宅するようになった。香織は心配したが、もう二十歳《はたち》なんだからうるさく言わないで、と返されては小言も途絶えた。夫はむしろ、引っ込み思案だった早苗の自主性を喜んだ。

「小さな頃から気の弱い子で、よく男の子にからかわれていたものですから。わたしも成長がうれしくはあったんですが……」

それから数ヶ月して、早苗は家から姿を消した。

ある日を境に家へ帰ってこなくなり、普段通り物の少ないがらんとした部屋に置き手紙が残されていた。

『しばらく帰りません。心配しないでください。』

確かに早苗の筆跡で字に乱れもなく、だから警察に届けられないまま三日が過ぎ四日が過ぎた。そんな中、大学から連絡がきたからなにかと思えば休学届が出ている——海外で見聞を広げるため、という理由だそうだが早苗はパスポートを持っていないはずだ——と言うので、今度こそ警察に相談しようという時に電話がかかってきた。ずっと通じなかった早苗のスマートフォンからだ。

『迷惑がかかるから居場所は言えないけど、平気だよ。お願いだから大騒ぎにしないで。わたしはただ――……あっ、もう切らなきゃ』

電話の向こうでドアの開く音がして、突然通話が切れた。誰だか潜伏場所に現れたんだろう。香織がかけ直した時には、電話は不通になっていた。

娘は何者かといっしょにいる。それをどう判断すべきか、夫妻には落ち着いて考える余裕もなかった。

平気だと言われても心配なものは心配だ。香織は捜索願を出そうと主張したが、夫はこの状況では相手にされないだろうと溜息交じりに首を振った。学生とはいえ成人で、一方的ながら連絡もしてくるんだからね。警察が対応に消極的だろうってことは、香織にも想像が付いた。

探偵を雇うことも考えたが、実情が判らない段階で下手《へた》に大学や学生たちへ聞き込みでもされて妙な噂が立っては、と思うとためらわれた。娘の言うような「大騒ぎ」になったら復学のさしさわりになるかもしれない。

かといって座して待つことにも耐えられなかった香織は、近所に住む早苗の友人を訪ねた。小中学校を通して早苗といっしょだった幼馴染みの女の子で、よく家に遊びに来たから香織も面識がある。彼女も早苗の居場所は知らず、そもそもここ数年はほとんど会っていなかったが、しかし大きな手がかりを知っていた。

早苗の日記の在り処《あか》だ。

「――それが、これだ」

麻子さんに指されるまま、俺と鷲尾さんはノートパソコンをのぞき込んだ。

「このブログが立花早苗嬢の日記ってわけだ。ほんの子供の頃から付けてた、限られた友人だけがパスワードを知ってるサイトなんだとさ。家から消える直前まで更新されてた」

「若者がブログっていうのも、今となっては珍しいね」

画面上の文字を目でなぞりながらつぶやく鷲尾さん。麻子さんはマッサージチェアのスイッチを入れながら答えた。

「小学校の自由研究で作ったやつで、今は自分用の備忘録にしていたようだ」

だから人の目を気にせず、失踪の原因を赤裸々に書き込んでいるかもしれない、ということか。

でも……と、鷲尾さんが首を傾げた。

「ざっと見た感じ、そんなに詳しいことは書いてないみたいだけど」

「ところが、この場合は有力なヒントになる可能性が高いのさ」

「……と言うと？」

「このブログの最後の日付は失踪の三日前。その後、早苗が失踪して一週間もしないうちに両親が見ようとした時には、ネット上から消えていた。ブログのサービスが停止したとかではないから、管理者パスワードを知ってる早苗本人が削除したはずだ」

「タイミング的に、失踪に関係あることが書いてあったから消した感じですね」

俺は納得しかけて、ふと矛盾に気付いてノートパソコンを指差す。

「あれ？　でも、削除したのになんで、ここに残ってるんですか？」

「早苗が部屋に残していったノートパソコンにキャッシュが残ってて、早苗の父親が保存しといてくれたのさ。早苗本人はパソコンやネットには詳しくなかったみたいだね」

キャッシュというのはたしか、ウェブページの再表示を速くするためにパソコン側へ一時保存するデータのことだったか。早苗さんは失踪後に別のパソコンだかスマホだかから削除したから、自分のパソコンに日記の残像があることに気付かなかったのだろう。

消されるべき理由があった日記。その理由を読み取れれば、失踪の原因なり現在の居場所なりにつながるかもしれない。なるほど値千金《あたいせんきん》の情報だ。それはそれとして、

「……それを俺たちに読ませてどうするんですか？」

顔を上げて訊くと、電動マッサージに揺れる声が返ってくる。

「立花さんには、難しい占いだから時間がかかると言って、今週末にまた来てもらうことになってる。その間に、身辺調査やブログの情報から娘の行方を突き止めようとしたんだが……当てにしてた戸村《とむら》が、別件で手が離せないとか抜かして、ろくに協力しやがらない」

戸村というのは、上の階に事務所を構える探偵だ。俺は目をしばたたかせた。

「占うんじゃないんですか？」

「当たり前だろ。家出娘の具体的な居場所なんて占いで判るわけがない。この手の仕事を探偵がやらないんだったら誰がやるんだ」

探偵の調査結果を自分の占いとして伝えるつもりだったということか。あっけらかんと詐欺を告白されて、思わず言葉を失った。鷲尾さんは知っていたのか、特に驚いた風もない。

「けど、依頼人は探偵が動き回って騒ぎになるのを嫌がってたんじゃないの？」

「ありゃ単に臆病なだけさ。娘が心配なのは本当だろうが、いざとなると現状の変化を恐れて二の足を踏んじまう」

心なしか、麻子さんは依頼人の女性に対して手厳しい。

「まぁ、戸村ならキャリアだけは長いし、その辺は上手くやると思ったんだが……無理なら他の手を採るまでだ」

「それで僕らの意見も聞きたいってことか。ブレインストーミングってわけだ」

「ああ。サラリーマンと学生でも、三人寄ればなんとやらだ。思い付いたことをなんでも聞かせてくれ。まずは十月分を読んでごらん」

守秘義務とかないのだろうか……と思いつつ、俺は乗り気になっていた。不謹慎だが、再び謎解きに挑むチャンスだ。十中八九は男の部屋に転がり込んでるだけだろうけど、という見込みからの気楽さもあった。

鷲尾さんも同様なのか、それとも人助けと思ったからか、ブログを読み込み始めている。書いた立花早苗さんの性格なのか、シンプルであいまいなところの多い日記だった——


『**十月四日　月曜日**　哲学Ⅰの授業で隣になった角野《かくの》先輩に絵画サークルへ誘われる。あんまり熱心だから断りづらくて見学に行った。思ったより女子率が高かった。会費がかかるそうだし返事は保留した。』

『**十月六日　水曜日**　学校帰りに近所の花屋で液体肥料を買う。ガーデニングはお父さんの趣味だけど半分くらいお母さんが世話してる。部屋のパソコンの調子が悪い。』

『**十月十二日　火曜日**　サークル入ることにした。即日、新歓の飲み会。薬師寺《やくしじ》という先輩に熱っぽく絵を語られた。酔ったせいか途中でちょっと寝てしまった。バイトも決めなきゃ。』

『**十月十四日　木曜日**　基礎演習の授業のレポートを先生に褒められた。アイデアを言語化しきれていなかったのに読み取ってくれてうれしい。みんな先生はかっこいいと言うけど、ちょくちょく下ネタを言うのやめてほしい。言う先生もだけど、それで喜ぶ女子がいるのがなんか嫌。』

『**十月十五日　金曜日**　バイト決まった。「フラワーハウスあがた」って花屋さん。月曜から出勤。緊張する。来られるとテンパるから、知り合いには教えないようにしよう。松田《まつだ》先生の心理学、予習する範囲が多くて大変。』

『**十月十八日　月曜日**　哲学Ⅰ、村田《むらた》先生の声が小さいと思っていたけど角野さんもそう言っていた。角野さんは同い年だった。バイト始まった。意外と男性客が多くて緊張する。店長すごく親切だけど、息子はチンピラみたい。』

『**十月十九日　火曜日**　角野さんから薬師寺先輩の話を聞く。角野さんの彼氏の友達で、パソコンに詳しくてサークルのホームページも作ってるんだって。あと、彼女を作ってもすぐ別れるらしい。なんか解る。自分語りが多い。明日の英語憂鬱《ゆううつ》。』

『**十月二十日　水曜日**　花屋でバイト。女の人がバラを買ってくれた。上手く案内できなかったけど、初めて売れたからうれしい。レシートを置いていったから記念にもらっておいた。パソコンが限界、ほとんど動かない。古典の課題は情報処理室のパソコンでやろう。』

『**十月二十一日　木曜日**　基礎演習。終わったあと、発表班の人といっしょに資料を運んで先生の部屋へ行く。大学に入る前に読んだ先生の著書が置いてあって感動した。三人で行ったのに、今日の発表、わたしの担当部分だけを褒められた。いづらかった。』

『**十月二十二日　金曜日**　松田先生休講、助かる。花屋。息子は慣れてくると良い人かもしれない。けど、動物みたいにゲラゲラ笑うのが苦手。閉店間際、またバラのお姉さんが来る。店長によると息子の友達らしい。いろいろ教えてもらった。』

『**十月二十四日　日曜日**　お父さんにお金を借りてパソコンを買いに行く。ワープロとネットができればいいから安いのでいい。ノートパソコンを買った。今まで使ってた箱のやつはデスクトップって言うんだって。』

「十月分を読めと言ったのは、怪しい連中が出そろってるからだ」

ちょうど十月末まで読み進めたところで話しかけられ、俺ははっとして顔を上げた。麻子さんはマッサージが終わって、脱力した体をチェアに預けて目をつぶっている。それなのに、こちらの反応が見えているかのように続けた。

「早苗をサークルに誘った角野ってのは女子だ。二回生。新人歓迎会やサークル活動中の早苗の写真をSNSにアップしてて、仲は良いようだ」

「いつもそんな風に調べてるんですか？」

「いつもなら、こういう重めの占いは人を使って調べさせる。今回は伝手《つて》がうまいこと捕まらなかったから手を抜くしかなかった。まぁ参考程度に聞いてくれ」

やっぱり占いじゃないような……とは思ったが、黙って続きを待った。

「サークルの先輩の薬師寺は三回生。いっぱしの口で美術論を語るが、特に実績があるわけじゃない。やたらと飲み会を提案して、段取りまで自分でするから、宴会好きには慕われてるが飲み付けない会員からはうんざりされているようだ。よく言えば陽気で面倒見がよく、悪く言えば軽薄で押し付けがましいタイプみたいだね」

「ずいぶん詳しいなぁ。それはどうやって調べたの？」

今度は鷲尾さんが訊いた。

「サークル会員のＳＮＳと、その裏アカから掘り出した情報だよ。そこはノウハウのある戸村に手伝わせた。そのくらいは働いてもらわないとね」

裏アカとは「裏アカウント」の略で、自分の正体を比較的オープンにする本アカウントとは別の、正体を隠してネガティブな発言や暴露めいた話を書き込むために使うアカウントだ。秘匿性の高い情報が転がっている代わりに無責任な放言も多く、真偽は疑わしい。

本アカウントとはフォローしているユーザーや多出する単語、地域などに自《おの》ずと共通性が出てくるため、ある種の知識と根気があれば同定可能な場合がある。戸村さんに手伝わせたというのはそのあたりのことだろう。

「戸村さん、いそがしいと言いながらよく手伝ってくれましたね」

「当たり前だよ。あたしがどれだけ仕事を回してやってると思ってる」

このビルの占い師と探偵はずぶずぶの癒着関係にあるようだ。思いがけず、戸村さんが麻子さんに頭が上がらない理由が理解できた。知りたくなかったが。

「薄情な探偵のことはどうでもいい。話を続けるよ。

失踪した早苗の『基礎演習』の授業――よく知らんが、卒論のゼミのリハーサルみたいな授業で、重要な単位らしい——の担当教官は田島杜夫《たじまもりお》という。早苗は入学以前から、こいつの書いた思想書のファンだったようだ。

著作の通販ページに本人のプロフィールが載っていた。年齢は三十八歳、准教授。紹介写真で太宰治《だざいおさむ》みたいに気取ったポーズを取ってるような手合いだ。何年か前に女子学生と関係を持ってることをネットで告発されて問題になったが、独身なことと相手が成人済みだったこと、なにより相手の学生が否定したことから有耶無耶《うやむや》になってる」

「あと気になるのは、バイト先の花屋さんかな」

鷲尾さんの指摘に、麻子さんはマッサージチェアのコントローラーをまさぐりながら答える。

「ああ。その店には直接訪ねてみた。早苗が通う大学から一駅の駅前だ。店長はブログに親切とある通り、人の良さそうな中年女だった。店の評判も上々だし、バイトとトラブルを起こすタイプには見えなかったね。問題があるとすれば息子の方だろう。阿賀田研《あがたけん》って名で二十六歳、頭を五分刈りにした強面《こわもて》だ。学生時代はいわゆる不良だったが、ここ数年でようやく更生して、家業の手伝いをしている」

息子の話は世間話の体《てい》で店長から聞き出したそうだ。話好きな店長で助かったよ、と、話好きな客を演じた麻子さんは語った。

「今説明したのが、家出に関わってそうなやつらだ。それを踏まえて日記の続きを読んでくれ」

『**十一月二日　火曜日**　サークルの飲み会。薬師寺先輩に勧められると飲まなきゃいけない空気になる。飲み始めてすぐうとうとして、角野さんにもたれかかって寝てしまった。角野さんにはお世話になりっぱなしだ。友達になれてよかった。』

『十一月四日　木曜日　基礎演習。終わった後、先生がレポートで使う資料集めのレクチャーをしてくれた。急に肩へ手を置かれてびっくりした。マイヤー先生の英語、相変わらず聴き取れない。情報処理室のデスクトップパソコンで資料をまとめてから帰った。』

『十一月五日　金曜日　寝過ごした。スマホの電池切れでアラーム鳴らず。なんか電池の減りが早い。そろそろ機種変？　薬師寺先輩が偶然に花屋へ来て驚いた。店長に彼氏かと訊かれた。彼氏ではないと正直に答えたけど、信じてもらえたか自信がない。』

『十一月九日　火曜日　図書館で調べ物をしていたら閉館時間で追い出された。そうしたら校門の前で薬師寺先輩に出くわした。バイクで送ると言われたけど二人乗りが恐かったから断った。感じ悪かったろうか。』

『十一月十一日　木曜日　思想史の授業、金本《かねもと》先生はパソコンとプロジェクターを持ち込んで説明してくれるから解りやすい。サークルの飲み会があったけど頭痛がしたから遠慮した。』

『十一月十四日　日曜日　壊れたデスクトップパソコン、お父さんが処分した。捨てるのにもお金がかかるものなんだ。このパソコンは何年くらい保つんだろう。夕方、散歩ついでに畑中フラワーでまた肥料を買った。』

『十一月十七日　水曜日　サークルが飲み会の話で盛り上がるのでいづらかった。花屋でその話をしたら、研さんが絵画展のチケットをくれた。お礼を言うと、ノルマなんだよと苦笑いしていた。』

『十一月十八日　木曜日　基礎演習が憂鬱。ディスカッションした女の子に嫌味を言われた。

学校でそういうの意味ない。わたしは真剣にやってるだけ、ひいきなんかされてない。先生もちゃんと言ってほしい。腹が立つ。』

『**十一月二十一日　日曜日**　サークルのみんなと絵画展へ行く。ギャラリーでやってる個展に来るのは初めて。目立つ場所に展示されてた絵に薬師寺先輩が好き勝手言っているところへ作者が通りかかって、きまりの悪いことになった。でもちょっと笑っちゃった。そのあとディナーに連れていってもらった。良い気分転換になった。』

『**十一月二十二日　月曜日**　廊下で会った田島先生から食事に誘われた。昼休みなら時間が取れるから、食べながら教えたいって。またやっかまれるかもと思ったけど、行くことにした。人の顔色をうかがっても仕方ないって先生も言っていたし。天ぷら蕎麦《そば》を御馳走《ごちそう》になったけど、いいのかな。田島先生がお品書きも見ないで注文してて、同じのを頼んだらレシートを見て値段にびっくりした。レポートは手応えあり。仮題は「サピア＝ウォーフ仮説の誤謬《ごびゅう》と再発見」。頑張ろう。』

『**十一月二十四日　水曜日**　花屋のバイト。先生が来てくれた。サザンカをお買い上げ。御飯のお礼を言いながらレシートのことを話したら、大げさなと笑っていた。』

『**十一月二十六日　金曜日**　サークルの打ち合わせが長引いてバイトへ遅刻しそうになった。今日も先生が来てくれるかもしれないから、薬師寺先輩にバイクで送ってもらった。降りる時、手を握られて「帰るまで待ってようか」と言われたけど断った。』

『**十一月二十八日　日曜日**　最近帰りが遅いとお母さんに心配される。あんまりしつこいのでつい大きな声を出してしまった。言い過ぎたかも。』

『**十一月二十九日　月曜日**　角野さんに話を聞かれた。不器用なんだよ、解ってあげなよと困り笑いしていた。もういい。』

『**十二月九日　木曜日**　なんだか変な雰囲気だと思ったら、田島先生と食事したことが噂になっているらしい。田島先生も知っているみたいだけど、気にしないでいいよ、と平気でいた。慣れている感じだった。』

『**十二月十日　金曜日**　バイト中にスマホの電源が切れそうになったから充電させてもらった。いよいよ機種変を考えないと。』

『**十二月十一日　土曜日**　ネットで下調べをしていたら気になる話を見つけた。そんなことあるだろうか。考えるほど心当たりが出てくるけど、気のせいかもしれない。』

『**十二月十三日　月曜日**　田島先生からメール。学部長ににらまれてるからしばらく二人では会わない方がいいという内容。別にやましいことなんてないのに。帰り道で薬師寺先輩とばったり出くわした。この前のことを謝られた。』

『**十二月十四日　火曜日**　タクシーで帰ったらすごい値段になってしまった。二度と無理。顔が真っ青だって、お母さんに心配された。』

『**十二月二十三日　木曜日**　期末レポート提出前の最後の基礎演習。提出は年明け。授業後に田島先生から「相談に乗るから、よければ外で会おうか」とメールが来た。授業中は素っ気なかったのにメールは絵文字付きだった。』

『**十二月二十四日　金曜日**　夕方に待ち合わせて、先生に御飯を御馳走になった。悩みを話せて気が楽になった。』

『**十二月二十五日　土曜日**　スマホを買い替える。番号を新しくしたから、親戚とか友達には言っておかないと。』

『**十二月二十八日　火曜日**　先生の引っ越しを手伝う。本が多くて大変だった。いつでも遊びに来ていいと言ってくれた。』

『**一月四日　火曜日**　基礎演習のレポート書き終えた。午後は初買い。イメージにぴったり合う油絵の具があったから、高かったけど衝動買い。畑中フラワーはまだ閉まってた。帰る時、家の近くにバイクがあって驚いたけど、近所の人のだった。』

『**一月二十五日　火曜日**　基礎演習のレポート、評定は優。田島先生のコメントは思ったより短かった。まだわたしと田島先生の仲を疑う視線を感じる。』

『**二月十一日　金曜日**　角野さんから家に電話がかかってくる。途中で薬師寺先輩に代わって、具合はどうかと訊かれた。』

『**二月二十二日　火曜日**　いろいろあって疲れた。なにもかも忘れて過ごしたい。』

——日記はそこで終わっている。

「読み終わったかい？　最後の日付のあと、三月に入る前に立花早苗は姿を消した」

俺たちが顔を上げたのに目ざとく気付いて、麻子さんが言う。

「さっきも言ったように、置き手紙や電話はあった。けど、誰かにそう強要された可能性はある。隠れ家には他に何者かがいるみたいだしね」

状況的に誘拐ではなさそうだが、男にだまされて軟禁されてるだとか、カルト集団の施設に留

め置かれてるだとかはあるかもしれない。それにしても、

「失踪の原因や居場所につながることは書いてないですね。なんでブログを消したんだろう？」

思ったより淡々として、ほとんどの日は二、三文で終わっている。大きな手がかりだと期待して読んだせいか、拍子抜けな感じだ。

けれど、身を隠した直後に削除したというのはやはり引っかかる。両親も存在を知らなかった日記をあえて消したのだから、万が一にでも読まれたくなかったのだろう。立花早苗さんが行き過ぎて心配性だったのか、それとも俺がなにかを見逃しているのか。

かろうじて手がかりになりそうなのは、日記中で特に言及が多い彼だろうか。

「なにか知ってるとすれば、田島っていう大学の先生ですかね？」

はっきりと好意的に書かれているし、頼りにされているようだ。

「うん。僕もそう思うけど」

鷲尾さんも同意してくれて、しかし難しい顔で腕組みした。

「それ以前に、なんで早苗さんは失踪したんだろう？　それが判らないうちは、その先生に話を聞くのも考えものだよ。事は早苗さんのプライベートに深く関わってるからね」

なるほど、強引に解決しようとすれば早苗さんの人生に影響を与えかねない。まずは理詰めで事件の実態を把握する必要があるようだ……と、背筋が伸びたところで。

プーッ！

占いの館には似つかわしくない、シンプルな電子音が鳴り響いた。不意打ちの高音に身をすくませながら見回すと、壁に固定されたインターホンのランプが点滅している。

「出てくれ」

麻子さんは俺に向かって言った。困惑して聞き返す。

「俺が？　お客さんじゃないんですか？」

「予約は入っちゃいない。いいから出な」

インターホンに一番近い位置にいたせいもあって断りづらい。ランプの下の「通話」というボタンを押すと、液晶画面に来客の顔が映し出された。眠たいように意志の霞《かす》んだ瞳が、真っ直ぐカメラへ向けられている。

「えっ……なんで？」

間の抜けた声を出す俺に、画面の少女はフラットな声で、そしてあまりに端的に答えてきた。

『出前』

るそう園のマスターの娘、芹だ。俺と同じくらいの年頃で、「喫茶・軽食　るそう園」のレタリングが入った岡持ちを手に提げている。

思わず返事に詰まった。彼女と言葉を交わすのは久しぶりだし、前回は偽探偵の正体を検討するという奇妙な流れからの会話だった。彼女は俺の仮説の穴を見つけ、より大胆な自分の説を披露した。つい先日マスターに聞いた話では、それは正解だったようだ。戸村さんが裏を取ったのだという。

向こうにそんなつもりはないだろうが俺は芹にボロ敗けしたわけで、なんとなく苦手意識がある。一方で、歳は変わらなそうなのに自分と全く違う世界を見ている彼女が気になっているのも事実だった。悔しさと興味がぶつかって、どう接していいのか解らなくなる。

「構わないから入りなっ。控え室にいる」

固まっている俺に代わって、麻子さんが大声で呼び込んだ。芹は返事もせずにインターホンの画面から姿を消し、勝手知ったる無遠慮さでカーテンを開け控え室へ姿を現した。

岡持ちを開けるとアイスコーヒーのグラスが三つ入っていた。そのうちの二つには輪切りのレモンが添えられている。

「差し入れだそうです」

涼しげな水滴を浮かせたグラスを鷲尾さんへ差し出して、芹はやはり無表情に告げた。

そういえば、マスターがあとで差し入れを持って行かせると言っていた気がする。俺はすっかり忘れていたが、

「よく来たね、芹。待ってたよ」

麻子さんは覚えていて、しかも彼女が来るのを待ち構えていたようだ。芹はゆっくり一度まばたきすると、麻子さんへレモンなしのコーヒーを渡しながら聞き返す。

「待ってた？」

「そう。ちょっと厄介な問題があってね――」

麻子さんは俺たちにした説明を芹へ繰り返した。彼女にも家出人捜しをさせるつもりのようだ。

……そもそも本命は芹で、俺たちは彼女を占い館へ誘い込むためにマッサージチェアを運ばされたのかもしれない。

芹が麻子さんに捕まってしまったせいで自分からコーヒーを取りにいく俺に、鷲尾さんが訊いてくる。

「小南くんは、三津橋《みつはし》さんのお嬢さんの友達なのかい？」

「みつはし？」

「ああ、『るそう園』のマスターの名前だよ」

マスターは三津橋というのか。どこかしら雅な響きでよく似合っている。

「いえ、友達とかじゃ……ていうか、あの子のこと、よく解りません」

悪口のつもりではなかったが、自然と声が小さくなったということはネガティブな感情が表れていたのかもしれない。鷲尾さんは微苦笑を浮かべた。

「たしかに個性的な子だよね。親父は、若いのに読書家だって褒めてたけど」

芹は鷲尾さんのお父さんとも面識があるらしい。麻子さんといい、あんな無愛想なのに大人たちには気に入られているようだ。麻子さんと話す芹の静止画のような横顔を見ていると、解るような解らないような気がする。やっぱり変なやつだ。

そんなことを思いながら、俺はふと頭に浮かんだことを口にした。

「……早苗さんっていうのは、どういう人なんでしょうね？」

意識したわけではなかったが、さっきの会話の続きになった。なぜ早苗さんは失踪したのか、それが判らないうちは話を進められない。鷲尾さんも表情を引き締めた。

「日記を見た感じだと、なかなかモテる人みたいだね。本人は消極的なようだけど」

「写真を見るかい？」

麻子さんが大儀そうに立ち上がり、棚に収まっていたファイルから二枚の写真を抜き出して鷲尾さんへ差し出した。鷲尾さんは何秒か凝視したあと俺に回してくれた。

一枚は、大学の入学式だろうか。桜の木を背景に、いかにも着慣れないスーツに身を包んだ女性が写っている。こぼれ落ちそうなくらい大きな瞳が印象的だ。ほっそりした面輪がナチュラルブラウンに染めたロングヘアに包まれて、なにか花弁の垂れる種類の花を思わせる。こんなに判りやすい作り笑いもない、というような表情をしていた。

二枚目は座敷形式の居酒屋で撮った物のようだった。こちらはコピー用紙に印刷されていて、たぶんＳＮＳにアップされた画像だろう。ビールの入ったコップを持て余すように手を添えて、カメラに向かってはにかんでいる。

二枚に共通するのは、整った顔立ちの、どこか幸の薄そうな女性だという印象だった。体を内側から突っ張らせる活力がいかにも不足していて、その欠落が言葉にできない引力を感じさせる。

「ま、押しに弱そうな顔をしてるね。日記の中でもサークルや田島の授業で周りに振り回されているふしがある。男から見りゃ、いいカモって感じの女だろう」

麻子さんの物言いには容赦がない。俺はなんとなく反対したい気持ちになった。

「そんなもんですか」

「そんなもんだよ。こんなおどついた目をしてると、その気もないのに男を呼び込んじまう……そういうタイプさ」

麻子さんの声には、水に湿らせて張り付けたような確信があった。人生経験で語られると分《ぶ》が悪い。沈黙した俺に代わって鷲尾さんが口を開く。

「でも、日記にはそういう人たちへの不満も書いてあるよ。気が弱い一方じゃない」

薬師寺に閉口していることや、田島の授業で他の学生へ強く反発していることが見て取れる。

しかし麻子さんはばっさり斬り捨てた。

「それが日記に書いてあるってことは、不満を口にして解消できてないってことだろう。『王様の耳はロバの耳』みたいなもんだ」

占い師の見立てを信じるなら、早苗さんという人はモテるというより押しに弱くて異性に付け込まれるタイプのようだ。それを踏まえて考えてみよう。

「男……薬師寺とかって先輩は明らかにアプローチをかけてますよね。あと、田島という先生もなんだか下心のある感じがします」

「そうだね。見所のある学生を熱心に指導しているにしても、少し行き過ぎてるようだ。ましてこの人は学生に手を出した前科もあるらしいし」

「やっぱり男性関係が失踪の原因でしょうか？」

「どうかな？　日記の最後の方を見ると、なんだか追い詰められた感じになってるよね。恋愛に悩むのとは違うニュアンスに見えるんだけど」

日記を読み返そうとノートパソコンに目をやると、いつの間にか芹が画面をのぞき込んでいた。麻子さんから大まかな事情を聞き終えたのだろう。あまり熱心には見えない目で液晶の文字をなぞっている。

彼女の肩越しに画面を見る。ちょうど日記の後半が表示されていた。芹は俺の気配に気付いてちらりと横目をくれたが、なにも言わずに画面へ視線を戻した。目が合うたびに胸を突かれる心地がするのはなぜだろう。

……いや、今は早苗さんの件に集中しよう。俺は問題の箇所を読み上げた。

「十二月十一日の『ネットで下調べをしていたら気になる話を見つけた』ってあたりから雲行きが怪しくなりますね」

「うん。もともと情緒不安定な気《け》がある子みたいだけど、そこから加速してるね」

「気になる話ってなんでしょうね？　ネットで下調べってありますけど」

「直近の日記は、スマホのバッテリーがダメになったから機種変更を考えるって内容か。早苗さんはスマホやパソコンに詳しくないみたいだから、ネットで調べるというのは自然な流れだね」

「スマホの気になる話……心当たりがあるとか書いてありますけど」

「そのあとでスマホを買い替えて、番号まで変えたことからすると、早苗さんは疑念を晴らせなかったようだね」

　俺はまた日記を見直そうとノートパソコンに目を戻した。芹はもう読み終わったのか、顎《あご》先に拳を当ててなにか考え込んでいるようだった。

「十四日にタクシーで帰ってるのは、なにかを警戒したからですかね？　顔が真っ青だったみたいだし」

　鷲尾さんもいっしょに画面をのぞき込んで、俺の疑問に続く。

「十一日と十四日の間にあったのは、十三日の、田島氏からメールが来たという件と、帰り道で薬師寺に会った件か」

　前者には、苛立ちは見られるが脅威を感じている様子はない。後者は謝罪されたとだけある。十一月二十六日に薬師寺が早苗さんを送った際、「降りる時、手を握られて『帰るまで待ってようか』と言われた」ことに対しての謝罪だろう。強引に迫ったのか、それとも純粋に好意からかは判らないが、された方からすればセクハラでしかない。謝って当然だ。

俺は思案しかねて、んーっと喉を鳴らした。

「怪しいのは薬師寺に謝罪されたって話の方ですけど、謝られたのに高額を払ってタクシーを使うでしょうか？　早苗さんが薬師寺を敬遠していたとして、それまで二週間以上も普通に登下校してたみたいですし」

「そうだね……してみると、タクシーを使ったのはスマホの件が原因か」

鷲尾さんの言う通りだとすると、十一～十四日の間の、日記には書かれていない原因で早苗さんは恐慌をきたしたということか。そうなると推測のしようがない。

……いや、待てよ。

俺はノートパソコンにかじり付き、日記をさかのぼって読み返した。主に薬師寺の名前のある日付だ。鷲尾さんも俺に並んで日記をながめながら訊いてくる。

「なにか判ったのかい？」

「両方なのかもしれません……薬師寺と、スマホと」

「両方？」

「はい……というか、その二つが合わさって恐くなったんじゃないかと」

自分でも要領を得ない自覚はあった。もつれがちな舌を必死に御して、頭の中に浮かんだ筋道を問いかけにしていく。

「まず十一月五日、薬師寺が早苗さんのバイト先に現れていますけど、早苗さんはその場所のことを誰にも言ってません」

「日記には偶然と書いてあったよ」

マッサージチェアに戻った麻子さんが、チェアのマニュアルを読みながら指摘する。

「それは薬師寺本人がそう言ったんでしょう。実際、大学から一駅の場所だから偶然でもおかしくない。でも、一週間も経ってない九日にも校門で偶然出くわしてます。校内とはいえ図書館が閉まるような遅い時間です。こう連続するのは不自然じゃないでしょうか」

俺の言葉から一拍置いて、麻子さんはマニュアルから目を上げた。

「早苗は薬師寺に監視されていたと？」

「はい。十二月十三日にも帰り道でばったり行き合って、早苗さんは『偶然』ではないと確信した。だから急に恐くなって、タクシーで帰ったんじゃないかと」

「そういえば、年明けだったか、家の近くでバイクを見て驚いたなんて話も書いてあったね。薬師寺のバイクと間違えて怯えたわけか。そう思うと、相当神経に来ている感じだ。しかし、そこまで執拗《しつよう》に付きまとってたなら、もっと噂になってそうなもんだが……」

麻子さんは言いかけた自分の疑問に、自分で答えを見つけた。

「ああ、そうか。そこでスマホの話に戻るんだね」

俺は日記を読み返しながらうなずく。

「はい。前にテレビかなにかで見ましたけど、持ち主に気付かれずに位置確認する追跡アプリがあるらしいです。パソコンに詳しいという薬師寺なら使い方を知ってる可能性も高い。それが動いていたせいでバッテリーの減りが早くなったとすれば、十一月五日から急にスマホの不調が日記に出てくる理由も判ります」

「なるほど、ネットでスマホのことを調べているうちに『気になる話』……追跡アプリの存在を知って、その二日後、帰り道で薬師寺に偶然出会ったことで疑いが確信に変わった。薬師寺とスマホの両方が理由っていうのは、そういう意味か」

鷲尾さんが状況を整理して、それから付け足す。

「でも、そんなアプリどうやって仕込んだんだろう？　スマホを直接操作する必要があると思うけど」

「それは……バッテリーの減りが早くなったタイミングからすると、十一月二日の飲み会の時でしょうか。寝てしまったと書いてありますし。ロックがかかってなかったなら可能でしょう」

「寝ている間にスマホに細工されたのか……それは、恐かったろうな」

早苗さんが追い詰められた気持ちも解る。麻子さんが不愉快そうに鼻を鳴らした。

「早苗がスマホを買い替えて番号まで変えていることからすると、それなりに説得力のある推測だね」

「もちろん、証拠はありませんけど……」

ここまでまくし立てておいてなんだが、所詮は憶測でしかない。早苗さんが何度も薬師寺に出くわしたのが全て偶然だった可能性だって当然ある。

にわかに弱気になった俺に、麻子さんは首を横へ振った。

「いや。この場合、証拠がどうのって話じゃない。重要なのは、早苗が薬師寺を疑ってたってことだ。薬師寺に送り狼をされかけた十一月二十六日以降、サークルのことが一切日記に書かれてないことが証拠みたいなもんだろう。スマホの仕掛けを疑う前から距離を置いていたんだ」

同じようなタイミングで、仲が良かったという角野という人のことも書かなくなっている。角野は十一月二十九日に早苗さんからなにか話を聞いているが、角野の方から「話を聞かれた」とあるからには、共通の問題ないし知人の話であるはずで、直近のそれは薬師寺が早苗さんをバイクで送っていった件だ。角野はその時、薬師寺のフォローをするようなことを言っている。早苗さんは彼女にも不信感を持っただろう。

俺がそのことを口にすると、麻子さんは小さく顔をしかめた。

「スマホに追跡アプリを仕込まれたのが飲み会の時なら、早苗に寄りかかられていた角野が気付かなかったのは不自然だ。彼氏の友達だからなのか、薬師寺に協力していた可能性もあるね」

もしそうなら最悪だし、そうでなかったとしても早苗さんは疑心暗鬼に陥ったはずだ。夜目遠目笠の内は容姿を美しく感じさせるそうだが、薄暗い疑念は相手を怪物に見せる。

そうして麻子さんは、嘆息気味に話をまとめた。

「力を入れている授業では教員との仲を疑われ、サークルでは強引な先輩にストーカーされているふしがあり、しかも女友達に裏切られたかもしれない。一方で過保護な両親には反発心や心配をかけたくない気持ちから相談できない。逃げ出したくなるのも無理はないね」

実際にスマートフォンに細工がされていたかどうかは判らないが、早苗さんがそう信じた時点で恐怖心は察するに余りある。いや、確信まではなかったからこそ、家族や警察に相談できずに不安を溜め込んだのかもしれない。

「そんな状態で家の近所でバイクを見て、スマホをどうにかしても自宅を見張られる可能性に気付いた。そして案の定、家に直接電話がかかってきた。本気で逃げるには家にはいられない……

早苗さんが失踪した原因にはどうやら見当が付いたね。すごいじゃないか」

鷲尾さんは本気で感心してくれているようだ。頬に血が上るのが解った。

「いえ……居場所が判ったわけじゃないですし」

「そうだね。こうなると、田島准教授に話を聞いてみるのも一手かな。彼が早苗さんから信頼されているのは端々から読み取れる。話を聞いている可能性は高いだろう」

鷲尾さんの意見に俺も賛成だった。他に当てがない以上、教員である田島に話を聞くのは悪くない選択に思える。

なにより、薬師寺がスマートフォンに細工するようなやつなら、行為がエスカレートして早苗さんを軟禁している恐れだってある。なりふり構っている余裕はないだろう。

どうでしょう、と麻子さんに確認しようとして、ふと手の中のアイスコーヒーを思い出した。よくしゃべったから喉が渇いている。口に含んだ清涼な苦みに思い出すのは、コーヒーを植物毒だと言った喫茶店の娘のことだった。

三津橋芹。ついさっきフルネームを知ったばかりの少女は、ずっと黙りっぱなしだ。時折ノートパソコンを操作して日記を読み返しているから、なにか考えてはいるはずなのだが。

気付いた時には、声をかけていた。

「どう思う？」

芹は画面からうっそりと顔を上げて、俺を見て、わたしに訊いてるの？　とでも問いたげにまばたきした。うなずいてみせると、ようやく会話が始まった。

「どう、って？」

「聞いてたろ。早苗さんが失踪した理由と、このあとどうするかって話だよ」

芹はすぐには答えなかった。答えがないのではなく、どう答えるか迷っているように見えた。

麻子さんと鷲尾さんの視線も注がれる中、彼女はいつも通りの平板な声で言った。

「田島という人に話をするのは、やめておいた方がいいと思う」

「なんで？」

「立花早苗さんのプライベートな問題を第三者が言いふらすべきじゃない。まして、失踪の理由もあやふやなんだから」

「……さっきの予想は間違ってるって言うのか？」

偽探偵の時のように見落としがあったのかと不安になって尋ねる俺に、芹は小さく首を傾げた。

「さあ」

「さあ、って……」

あまりにも投げやりな態度に絶句する。しかし芹にとっては自明の思考放棄らしかった。

「麻子さんが頼まれたのは失踪者の行方を捜すことであって、失踪の原因を調べることじゃない。薬師寺 某《なにがし》に付きまとわれているかどうかは、この際どうでもいいことでしょ」

「どうでもよくはないだろう……」

一応言い返しはしたが、それは倫理的な話であって、麻子さんの仕事には直接しないということは認めていた。だが、

「たとえば、早苗さんが薬師寺に監禁されている可能性だってあるんじゃないか？」

芹は、はっきりと首を横へ振った。

「自分の部屋の中に置き手紙があったんだから、無理矢理に拉致された可能性はまずない。スマートフォンが手元にあるみたいだし、監禁されてもいないはず。精神的に支配されてる可能性はあるけど、日記を読む限りではそういう感じはしないかな」

それは……そうかもしれない。言い返せない俺と入れ替わるように、鷲尾さんが話を進める。

「なんにしても田島氏の話は聞かなきゃいけないんじゃないかな。……ほら、十二月二十四日《クリスマスイブ》の日記に、先生と食事して『悩みを話せて気が楽になった』なんて書いてある。きっとなにか知ってるよ」

それだ。早苗さんのプライバシーも大事だが、他に手がかりがないなら結局、情報を握っているであろう田島に話を聞かざるをえないだろう。

しかし芹が問題にしたのは、それ以前の話だった。

「それは田島って人ではないと思います」

麻子さんがいぶかしげに鼻を鳴らして、鷲尾さんがきょとんと目を見開いた。

「え？　でも、『先生に御飯を御馳走になった』とあって、そのすぐあとに悩みを話せたって続くんだから……さすがに、別の人に話したとは考えにくくない？」

「はい。だから、その『先生』は『先生』であって、『田島先生』ではないんです」

俺と、麻子さんと、鷲尾さんと――三人ともが芹の言葉の意味を受け取り損ねて、沈黙が落ちた。意味を考えようにも、相変わらず無表情な芹の顔からはなにも読み取れない。

「えっ……と……どういうことだ？」

　仕方なく、間の抜けた問いを絞り出す。芹は淡々と答えた。

「この早苗さんは、レトロニムの使い方に独特のクセがあるから」

「れとろにむ……？」

　オウム返しに訊く俺に説明してくれたのは、芹ではなく鷲尾さんだった。

「たとえば、『パン』に対する『食パン』だね。パンはもともと食べ物なんだから、本来は『食』なんて付ける必要はないだろう？」

「言われてみればそうですね」

「でも、木炭デッサンで線を消すのに使うパンを『消しパン』とか呼ぶ例が出てきたから、それと区別するために『食パン』という種別用の言葉が生まれた。新手の『消しパン』と対置するために、旧来のパンの概念を『食パン』と再定義した――そういう言葉をレトロニムって呼ぶんだ。まぁ、食パンの語源には諸説あるみたいだけどね」

　なるほど。この場合は、「先生」に対する「田島先生」か……いや、でも、

「その時の気分で『先生』と言ったり『田島先生』と言ったりすることもあるんじゃないか」

　先生の概念には田島准教授も含まれるんだから、代名詞として使っても不思議じゃない。当然の疑問に、芹はうなずいて、その上で否定した。

「普通ならそうだろうけど、だから、この人の独特なクセなんだよ」

　どう説明しようかな、と言いたげに芹は立てた人差し指の先を見つめた。ふとした時に幼い仕草が出る。

「たとえば十月二十四日にパソコンを買った時の日記だけど――」

『十月二十四日　日曜日　お父さんにお金を借りてパソコンを買いに行く。ワープロとネットができればいいので安いのでいい。ノートパソコンを買った。今まで使ってた箱のやつはデスクトップって言うんだって。』

日記を俺たちが読んだのを確認してから、芹は淡々と続ける。

「日記ではこれ以降、『ノートパソコン』とか『ノート』という単語は一切出てこない。ここで買ったノートパソコンは一貫して『パソコン』と呼ばれて、十一月十一日の授業で使われたパソコンも、持ち運びしてるわけだからノートパソコンのはずだけど『パソコン』とだけ書かれてる。逆に、情報処理室のパソコンは十月二十日には『パソコン』表記なのに、十一月四日には『デスクトップパソコン』になってる」

そのつもりで読み直すと、十一月十四日にも壊れて捨てるパソコンを「壊れたデスクトップパソコン」と表記している。「壊れた」だけで判りそうなものなのに、わざわざ「デスクトップ」を付けて書いているのだ。

「他にも、最初は『近所の花屋』と書いてた店を、別の花屋でバイトするようになってからは『畑中フラワー』と書くようになってる。早苗さんは、自分にとって一番重要な存在を大分類の名詞で呼んで、その他をより小さな分類や固有名で呼ぶクセがあるんだと思う。そして重要度の順位は流動的に変わっている。レトロニムというより、倉庫に放り込んだ物に整理用のタグを付けていると言った方が適当かもしれない」

「パソコン」だとか「花屋」だとかの一般名詞に、言葉の形を変えないまま、自分だけに通じる新しい定義をする。そうしてその名詞で表していた旧来の存在だけ呼び方を変える。それが「レトロニムの使い方に独特のクセがある」ってことか。

「その一番顕著な例が『先生』。日記の中で『先生』とだけある場合は特定の一名を指していて、他の教師には必ず名字が冠されて表記されてる。村田先生、金本先生、マイヤー先生……って具合に。ここまで徹底していると、几帳面を通り越して強迫的なものを感じるね」

滔々《とうとう》と続く芹の説明に危うく納得しそうになって——それは前言と矛盾することに気付いた。

麻子さんも同じ疑問に行き当たったようだ。

「待った。それならなおさら、『先生』は田島じゃないか。基礎演習って授業の受け持ちは田島だと確認してるんだ」

十月十四日を始めとして、基礎演習の授業の担当者が「先生」とだけ書いてあるのは誤読のしようがない。麻子さんの指摘に、鷲尾さんが反論した。

「いや。たしか、日記のあとの方では『田島先生』という書き方をしてたと思うよ」

俺は「田島先生」の文字列で日記を検索してみた。すると確かに、十一月二十二日を境に基礎演習の担当者のことを「先生」ではなく「田島先生」と表記するようになっている。

……なんだ？　なんで書き方が変わったんだ？

十一月十八日には、基礎演習の話で「先生」と書いている。そのあと、二十一日の日曜日を挟んで二十二日には「田島先生」に書き方が変わる。この間になにかがあったということだろうか。けど、それよりも……。

「ここからあとの『先生』は、誰なんだ？」

急に薄気味悪くなってきた。それまで田島杜夫だと思っていた日記中の人物が、得体の知れない名無しに変わったのだ。

芹を見る。「先生」が田島でないことまでは聞いたが、正体が誰なのかまで判っているのだろうか。こんなあいまいな日記だけで？　俺の視線を受けて、芹はあっさりと言った。

「どこの誰だかは判らない」

さすがの彼女にも不可能か……と、むしろ安堵《あんど》を感じるいともあればこそ。

「でも、早苗さんのバイト先の花屋に訊けば判ると思う」

続いた言葉には俺たち三人ともが虚を突かれた。花屋の店長と息子は早苗さんと良好な関係を築いていて、失踪とは無関係の印象が強かったからだ。

「花屋？　花屋の母子のどっちかが『先生』なのか？」

華道の師匠《せんせい》というのはいても、街の花屋さんを先生と呼ぶことなんてあるのか？　カルチャースクールの講師でもしてるとか……いや、それなら日記に書きそうなものだ。

果たして芹は、悠然と頭《かぶり》を振った。

「そうじゃない。訊けば判るっていうのは、問題の『先生』が花屋の息子と親しいはずだからってことだよ」

花屋の息子の知り合いは、日記に一人だけ出てくる。けど、なんでその人が「先生」と呼ばれるんだ？　俺の表情から疑問を察したか、芹はまさにその理由を続ける。

「田島が『先生』から『田島先生』に変わった十一月十八日と二十二日の間には、二十一日にサークルの人たちと絵画展に行ったって話がある。そこで、絵の作者が通りかかって一行と会話している」

「そうか。プロの画家なら『先生』とも呼ばれる……」

　俺が話を接ぐと、芹はテンポよくうなずいた。

「その日の最後に、早苗さんはディナーに連れていってもらったとあるけど、サークルで食事に行ったにしては書き方が少し変だ。そのあとの流れを考えると『先生』に誘われたんじゃないかと思う」

「そのあと？」

「十一月二十四日、『先生』が花屋に来て、早苗さんが『御飯のお礼を言いながらレシートのことを話したら、大げさなと笑っていた』。この『御飯』がそのディナーのことを言ってるとすると意味が通る」

　この時にはもう、田島は「田島先生」になっているから、ここで言う「御飯」は二十三日の天ぷら蕎麦のことではないわけか。そうなると「レシート」も、蕎麦の値段に驚いたレシートのことではなくなる。

「この場合のレシートは、大きくさかのぼって十月二十日、早苗さんが初めて花を売った女性客が残していったレシートのこと。早苗さんはそれを記念に取っておいた。バイトの初戦果でしかないレシートを後生大事に持っていたんだから、大げさなと笑われるのも当然だね。そしてその女性客は、花屋の息子の友達だった」

　俺が日記を読み返して確認するうちにも、芹は日記にちらばった情報の再構築を続ける。

「絵画展のチケットを『ノルマ』だと言って渡してきたのは花屋の息子で、その言い方からすると、誰かに頼まれてチケットを売るなり配るなりしてたんでしょう。その絵画展で出会った画家が、早苗さんをディナーへ誘った。初対面でそんなことをするとは考えづらいし、早苗さんも二の足を踏むだろうから、面識のある相手だったと考えるのが自然。その辺のことを考え合わせると、『先生』はレシートの女性客である可能性が高いと思う」

「女同士ならなおさら気軽に話せるか」

麻子さんがうなるのを受けて、芹は結論へと進んだ。

「そのあと、早苗さんはたびたび『先生』への好意を日記に書き込んで、引っ越した『先生』はいつでも遊びに来ていいと誘っている。実際、早苗さんは何度も訪ねてるんじゃないかな」

「なんでそんなことが判るんだ?」

芹は俺を押しのけるようにノートパソコンを操作して、画面を最下部までスクロールさせた。

「一月四日に油絵の具を買ってるでしょ? でも、薬師寺を疑うようになってからサークルのことを全く日記に書いていない早苗さんが、サークルで活動しているとは考えにくい。じゃあ、どこで絵の具を使うのかって考えると、画家である『先生』の家が有力候補になる」

「自分の部屋ってこともあるだろ?」

至近距離で目を見返されて、思わずのけ反《ぞ》った。芹はまるで訊かれるのを待っていたかのように、ほんの少しだけ勢いの付いた声で答えてきた。

「置き手紙が残されていたのは『普段通り物の少ないがらんとした部屋』って話だったでしょ。油絵の道具一式があったなら、物が少ないとは表現しない」

なるほど、油絵の具を使って絵を描ける場所となると限られる。自宅や野外でも描けるだろうが、道具の管理や匂いなんかが問題だ。画家の家ならアトリエや作業場があるだろう。

「だから——家出した早苗さんは、今もその『先生』の家にいると思う。そうでなくても、田島よりは事情を知っている可能性がずっと高い……ってところです」

後半は麻子さんに向けて、芹は自分の説を締めくくった。


偽探偵の事件と同じく、確たる証拠があるわけではない。しかし、神経質に表記を徹底する早苗さんの日記を読み解くと、「先生」は画家の女性であるという結論が出てくる。そして日記で知れる範囲では、早苗さんが身を寄せられそうな相手は彼女だけだ。

俺も鷲尾さんも否定する理由は思い付かず、麻子さんは思案のあとに思い切りよくうなずいた。

「——よし、解った。ともかく花屋を当たってみよう」

相手は画家だ。個展で拝見した先生をお宅の店先で見かけましたがお知り合いですか、とでも訊けば、花屋も怪しまずに名前くらいは教えてくれるだろう。と、占い師は成算ありげに請け合った。

「いやぁ、結局、僕は役立たずだったたね」

面目《めんぼく》ない、と続けそうな鷲尾さんに、俺は否定するのも忘れて溜息を重ねてしまった。

「それを言ったら俺もです……」

「いいや。そうでもないよ」

肩を落とす男二人を慰めたのは、意外と言うべきか、麻子さんだった。

「早苗が家出した主因は恐らく、薬師寺だ。そのことは早苗の居場所を見つける役には立たなくても、占いに説得力を持たせるネタにはなる。そういう意味じゃよくやってくれたさ」

……感謝されているんだろうけど、インチキ占いの片棒を担いでいるようで微妙に釈然としない。その気持ちは顔に出ていたはずだが、それを見てこそ麻子さんは笑ったようだった。そうしてそんな人を食った笑みを、グラスを回収している少女にも向けた。

「芹も御苦労だったね」

「そうですね。少し疲れました」

あまりそうは見えない芹だが、あれだけしゃべったのだ。話し疲れているのは本当だろう。そう思って見ると、酸素を消費したせいか眠たそうだ。

ふと時計を見ると、驚くほどに時間が経っていた。もう喫茶店は朝メニューをやっていないだろう。鷲尾さんがくせっ毛をかき上げながら告げる。

「それじゃ麻子さん、今度こそおいとまするよ」

「晴蛙堂はまだ病院かい？」

麻子さんが口にしたのは、古本屋を営んでいる鷲尾さんのお父さんのことだろう。

「リハビリは順調だから、もう少しで戻る予定」

「年取ってから死に損なうとは悲惨なり」

「前より元気なくらいだよ。逃がした魚は大きいって言うくらいだから、もう滅多なことじゃ死なないんじゃないかな」

そんな気安いやり取りをしながら控え室のカーテンをくぐる鷲尾さんに続いて、俺と芹も部屋を辞した。

残った麻子さんは、マッサージチェアに埋もれたままどこか遠くを見ているようだった。その眼差しだけは、神秘の占い師らしい静かな光をたたえていた。

古本屋の掃除に戻るという鷲尾さんは階段で下りたため、俺は芹と二人でエレベータを待つことになった。雀荘のある五階で停まっていてなかなか動かない。

二人で並んで階数表示板を見上げるいたたまれなさに、音《ね》を上げたのは俺だった。

「……あれは本気だったのか？」

芹は視線だけをこちらへ向けた。「あれ？」と問い返されている気がして、続ける。

「早苗さんが家出した理由なんてどうでもいい、って言ってたことだよ。本題じゃなかったのは解る。でも、人間《ひと》が一人行方不明になってるのに、理由が気にならないのか？」

答えはちょっと返ってこなかった。エレベータも動かなかった。

「人間と言ったって――」

無視されたかと不安になった頃、彼女はようやく口を開いた。

「刺激に反応して痙攣《けいれん》する肉の塊でしかない。どんな人格者だって脳の異状一つで支離滅裂になるんだから、行動の動機なんて考えても仕方ないでしょ」

「それは……そうかもしれないけど、そんなこと言ったら」

――全部が空《むな》しいじゃないか。と、そう続けるのは、演劇めいて大仰な感じがして、声には出せなかった。芹も先を促さない。

そのまま黙ってしまわなかったのは、不意にエレベータの表示が動き出したからだった。光の点滅に怯える動物のようにうろたえて、準備不足の言葉を吐き出していく。

「それでも、あの日記から伝わったものはあったろ。期待とか、イライラとか、もどかしさとか……俺も早苗さんが書いたことに不安になって、腹が立って、どうしてそうなるのか知りたいと思った。だって、問題を解決するには原因が解らなきゃだめだろ」

そうか。俺はだから、本を読むんだ。芹と話すとそういうことが見えてくる。

「人間は生肉の塊かもしれないけど、不安や怒りを言葉にして、捕まえて、それと闘うことができる。俺はたぶん、そういうのを文学って言うんだと思ってて。だから……」

そこで時間切れになった。エレベータのドアが開いたからだ。中には雀荘から降りてきた、なにか業者の人が乗っていて、その人の前で話を続ける勇気はなかった。

一階に着いてエレベータを降り、業者の人が早足に去っていったあとも、話を再開する気は起きない。なんとなくきまりが悪く、「じゃあ」とだけ告げて帰ろうとして――つんのめる。振り返ると、芹に袖をつままれていた。

胸になにかが膨らむのを感じながら彼女の顔を見つめる。いつも通り小揺るぎもしない瞳が、廊下の暗がりで真っ黒に染まっていた。全く感情が読めない。読めないまま、芹の薄い唇が開いて、

「無料《ただ》飲みだけして帰られると困るんだけど」

営業への貢献を求められた。それはたぶん、期待していた言葉ではなかったが、とりあえず空しくは感じなかった。

B

畳から布団から箪笥《たんす》から、醤油《しょうゆ》で煮染めたような家だった。つまり、なにもかもが茶色の濃淡で彩られていて、べたべたと指にへばりつく。そんな場所で生まれ育った。

果樹園だけが特色の島の片隅。外に出れば遮《さえぎ》る物のない日差しで空間の全てが真っ白に染まり、街灯のない夜道は暗いというよりいっそ黒い。幼い頃は、夜に外へ出るだけで泣きそうになった。しかし、どんなに暗い夜でも祖母に手を引いてもらえば平気で歩けた。祖母の手は、干してしぼんだみたいなのに寒天めいて柔らかかった。宝船の大黒天が髭《ひげ》を落としたような顔をしていて、お正月に七福神を見かけるたびに「おばあだ」と指差していたら「大黒様は男だよ」と真面目な顔で諭された。

父も母も日暮れまで働いていたから、幼稚園や小学校から帰ったあとはいつも祖母と二人で家にいた。畳に寝転がってまどろんでいると、いつの間にか祖母がいて団扇《うちわ》であおいでくれていた。祖母は毎日おやつを出してくれた。いろいろな物が出てきたが、収穫の時期になると蜜柑《みかん》ばかりになった。あとにして思えば、形が悪くて出荷できなかった物だったのだろう。

なにせ変形しているから皮を剝《む》くのも一苦労で、何度も中身ごと突き破って酸っぱい汁を飛び散らせてしまった。霧状に噴き上がるそれが目に沁みて、ぽろぽろと涙をこぼしながら祖母を呼んだのを覚えている。祖母はどんな蜜柑も魔法のように奇麗に剝いた。

そんな祖母が大好きだった。島中の誰よりも慕っていた。逆に島の誰よりも遠く感じたのは祖父だった。

祖父はずんぐりした体を渋色に焦がした、小鬼のような見かけの人だった。客が来た時などは顔をくしゃくしゃにして愛想よく笑い、「大いにやろう」が口癖だったが、家族だけの時はめっきり口数が減った。実の娘である母よりも、婿《むこ》である父とばかり話をして、女たちにかける言葉の大半は命令だった。「おい」「おい」「違う」「おい」「馬鹿」「おい」……酒に焼けたうなり声は、まるで野良犬のようだった。

ある時、鉢植えを割ってしまい、激怒した祖父に物置きへ放り込まれた。祖父は怒った時、大声を出したりはせず、ただ半開きの眼のうちに冷たい光を宿してにらみ付ける。それがたまらなかった。心臓を臼《うす》で挽かれるようだった。謝っても謝っても出してくれず、母が気付いた時には脱水症寸前だったという。

そんな祖父に、祖母は常に服従した。祖父の前では優しい言葉の一つもくれなかった。揉め事があるといつも祖父の肩を持った。割れた鉢植えを見つけたのは祖母だった。

祖母がどうしてあそこまで祖父に尽くしたのか、二人とも亡くなった今でも解らない。だが、愛着する祖母が敬遠する祖父に仕えているというねじれは、幼い心をぎりぎりときしませ続けた。

「柚子《ゆず》と書いて柚子《ゆうこ》って読むの。変な名前でしょ」

柚子と出会ったのは、駐車場でのことだった。人気《ひとけ》のない真夜中、アスファルトを灰皿代わりに仲間たちと酒盛りをしていたら、いつの間にか隣に座っていた。大人しそうに見えて、ケタケ夕と壊れた玩具《おもちゃ》のように笑う女だった。

先に上京した先輩がアパートに置いてくれたおかげで、高校を卒業してすぐ東京へ出てこられた。先輩に紹介されたアルバイトは長続きせず、少しでもダンサーの素養になる業種を選んで夜の仕事へ沈み込んだ。

あの頃は、ダンスで身を立てようとしていた。きっかけは学校でチケットをもらって観に行った舞踏の公演だった。

真っ暗にした舞台の上で虫のように狂奔する舞踏家のなにを理解したわけでもない。ただ、その陰鬱な激しさは身に覚えがあった。白すぎる昼、黒すぎる夜、愛しい家族、忌まわしい家族、それらを囲うちっぽけな島——舞台の上のあの人のように、この苛立ちを形にして吐き出せれば世界が変わるかもしれない。そんな思い込みにすがって島を出た。

高名な舞踏家の主宰する劇団に入れたまではよかったが、月謝を取るわりに主宰者は滅多に稽古の場へ現れず、その貴重な指導もこんなものだった。

「ロゴスから身体を解放し上位自然に身を委ねれば、自ずから魂は山に入《い》る。山とは人と自然の境界にそびえ立つ、肉体と精神の門である。山に入りなさい」

全く意味が解らなかった。しかし、そんなことを口にすれば他の団員に軽蔑されるかと思うと心得たふりをするしかなかった。

芸の行き詰まりと金策で気が変になりそうな中、先輩が島へ帰ると言い出した。あんたも帰るかと、親切で誘ってくれたのは解ったが、どうしてもあの家へ戻る気にはならなかった。

柚子と出会ったのはそんな時だ。行きずりで酌み交わした彼女と意気投合し、二人でアパートの一室を分け合うことになった。

柚子はどこか薄命な感じがする、肌の奇麗な女だった。なにか問題を起こして故郷にいられなくなり、どうせなら東京へ逃げようと、なんの当てもなくやってきたと言っていた。彼女のそんな鷹揚《おうよう》さが、将来への憂いに支配された気分に心地よかったのだろう。

お互いの肌を知るのに、そう時間はかからなかった。彼女の体は水気の多い餅のようで、島の日差しに焼かれて和紙のようになった自分とは女と男ほども相違した。

普段は陰気にさえ見える柚子は、一方で笑い上戸でもあって、電車に乗ってる時でも布団の中でも、つまらないことで大笑いを始めることがあった。子供みたいだと呆れたが、彼女に言わせれば馬鹿笑いはお互い様らしい。

柚子と暮らした一年余りは幸福だった。生活は苦しく舞踏はものにならなかったが、以前のようなひりつきは感じなくなっていた。

出会いと同じく、破綻も突然だった。柚子が深夜に帰ってきたある晩、あんまり塞ぎ込んでいるから酒を飲ませて聞き出したら、パート先の男と寝たと白状した。喉を痙攣させて酒臭い息を跳ね回らさせながら話す様は、笑っているのか泣いているのか判断が付きかねた。

その時は、それだけだった。まぁいいかと思った。怒る筋合いではないような関係だった。しかし駄目だった。その日から柚子は蜜柑になった。

あれほど愛おしかった、しっとりと吸い着くような肌が、その日を境に分厚い蜜柑の皮に感じだした。指先を押し込むと胃液に似た匂いを噴き上げる、でこぼこした黄色い果皮。祖母のように上手くは扱えなかった。

彼女に触れるたび、鼻を突き目に沁みる刺激が五感の内側を打った。島の土臭い記憶にえずきながら柚子を抱くことはできなかった。それから柚子は、ついにうつむいたまま出ていって二度と戻らなかった。

彼女が去ったあと、コタツの上に煙草が一箱載っていた。味は好きだが高いからあまり買わなかった銘柄だ。一年暮らした相手への置き土産が煙草一箱だったことが無性におかしくて、笑いが込み上げた。なるほど馬鹿笑いはお互い様だ。

――立花早苗の顔を直《じか》に見て、アザゼル麻子は柚子を思い出していた。

顔立ちのなにが似ているということもない。あえて言うなら、常に急所をむき出しにして生きているような、見ている方が不安になる雰囲気が似ていた。

芹の説に従ってその日の内に生花店「フラワーハウスあがた」を訪れた麻子は、拍子抜けするほどあっさりと画家の名前を聞き出した。

犬飼未知《いぬかいみち》。まだ二十代の気鋭で、学生の頃は花屋の息子たちとストリートアートに明け暮れて何度か警察の世話になったらしい。その時分のイメージから、店主には不良娘の印象が強いようだ。海外に留学して以降は目覚ましく才能を開花させ、美術誌の後援で個展を開くに至っている。

そこから先は、ちょうど手が空いたという戸村に調べさせた。犬飼に隠す気がなかったからだろう、探偵はものの二日で犬飼の新居を突き止め、早苗が出入りしている写真まで撮ってきた。

それで「占い」に必要な情報は手に入った。あとは適当に、抽象的な言葉で犬飼のことやアトリエの場所を伝えればいい。いつもならそうしていた。

しかし麻子は、依頼人に占いを告げる前日になって、自ら早苗へ会いに行った。

アトリエを訪ねた時、犬飼も早苗も家にいた。麻子は二人に、自分の仕事と母親の依頼のこと、早苗の日記《ブログ》を読んだことを話した。話さなかったのは占いがインチキなことだけだ。犬飼は——金魚柄《がら》の作務衣《さむえ》を着た頓狂《とんきょう》な女だったが——占いの話を聞きたがったが遠慮させて、早苗と二人で話す時間をもらった。

犬飼家の応接間は小洒落た調度で整えられ、ソファは立ち上がる自信を失くすほど深く腰を呑み込んだ。ティーセットを手品のように広げて紅茶を淹れる早苗の手付きは、およそ居候のものとも思えなかった。

「ごめんなさい。母がお手数を……」

早苗は日記から受ける印象よりかは落ち着いて見えた。いちいち歯切れが悪いのは、占いで自分を見つけたという怪しげな女に戸惑っているのだろう。そんな彼女から少しずつ聞き出したところでは、家出の理由は「説明できない」ということだった。

「大学を学歴のための場所としか思ってない両親には話が通じなくて、話しているとこっちまでスポイルされている気がして、そんな自分が嫌になります。以前から尊敬していた田島先生は、見識は立派なのに女性にだらしなくて不愉快で、息抜きできるかと思って入ったサークルでは結局、ストレスだけが溜まって……」

バイト先の生花店の常連で、このアトリエに招待されるくらい親しくなった犬飼を頼って逃げてきたのだという。

そこまで話して、早苗は初めて笑顔を見せた。豆電球のような微笑みだった。

「先生、放っておくと丸一日食事を抜かすんですよ」

数ヶ月来、ろくに客もないこの家で、犬飼と二人きりの生活をしているのだという。大学に戻らなければばと思うほど頭が重くなって、次第に外界のことはなにも考えなくなった。家事の全てを引き受け、犬飼の気が向いた時に絵を習う。そんな日々だそうだ。

「両親に心配をかけていることは解ってるんですけど、どうしようもないので……」

「あんたの居場所は、あたしから知らせることになるよ」

どうしようもないと言いながら、早苗は従順にうなずいた。

決して頭の鈍い子ではない。息苦しい環境からは逃げたいが、子供じみたその場しのぎであることも認識している。両親にも犬飼にも負債が積もっていくのを感じている。理想を持って入った大学への希望と、そこで卑俗な問題に巻き込まれた失望がせめぎ合っている。

麻子は、陰《かげ》に沈んだ早苗の顔を観察しながら切り出した。

「あんたに一つ、訊きたいことがあってね」

「なんでしょう？」

「あんたのブログには『腹が立った』とか『笑っちゃった』とかは書いてあっても、『恐い』とか『恐ろしい』みたいな言葉が全然使われてないね。どうしてだ？」

「……そう、ですか？　いえ、意識してませんでした」

そうか、と一拍受けてから、麻子は一見脈絡のない話を続けた。

「知り合いの作家崩れが言ってたんだが、物書きにとって一番の悪意は、それについて書かないことなんだそうだ」

「それは……」

「そこにあって当然のものを書かない。主観の世界から消してしまうってことだ。あんまりにも清潔な世界を描く物語は、汚いものの存在を許さない侮蔑《ぶべつ》の世界でもある。逆に露悪の過ぎる書き手は、心の底では奇麗事の正しさにコンプレックスを持ってるんだと」

早苗のブログは、終盤になるにつれて日付の間隔が大きく開いていった。書かなくなった。そして彼女が「書かない」のは、恐怖やその原因だ。文字にして相対さないことで目をそらしているのだろう。

「ましな物書きなら、意図的に『書かない』んだろう。けど、あんたは——」

そこで言葉を切ったが、早苗は返事をしなかった。麻子は待たずに言い直した。

「あんたが薬師寺や田島の無神経さだとか、両親の押し付けだとかにあきらめだけを感じて、大人らしく割り切れるんならそれでいい。余計なことを言った。けど、そうでないなら、日記にくらいは書くといい」

麻子は物心付いて以来、人になにかを望むということをしなかった。祖母は惜しまず愛情をそそいでくれたが、祖父の手から伸びる鎖の届く限りのことだった。人に満たされることと、人に期待しないことを同時に刻み込まれた。だから柚子を愛しながら、男の手に渡ったと思うや遠ざけたのだ。

早苗もまた、男に圧迫され女に期待できずに逃げ続けている。犬飼との生活に満たされながら、家に戻ることを受け入れている。芹は、早苗が自分にとって最重要なもの以外に整理タグを付けて呼ぶと表現したが、より正しくは「廃棄タグ」だろう。もう二度と期待しないために印を付ける。麻子が祖母を捨てたように。柚子を追わなかったように。

夜を、島を、男を、恐れていた。そしてなによりも、自分のものにならなかった女たちを恐れていた。

今なら解る。ダンスで祖父《じい》さんたちを殺したかった。ジジイの肉を引き裂いて、おばあの腸《はらわた》を引きずり出して、舞台の上へぶちまけたかった。

早苗の日記を若い連中が読み解いた時、そのことに気が付いて、誰かに告げたくなった。だからここへ来たのだ。

「言葉の上でなら親だって誰だって殺せるんだ。ぶち殺せ。きっちり書いて、きっちり殺して、それから家なり学校なりへ帰ればいい」

言うべきことはそれで尽きた。尻をくわえ込むソファを無理矢理に引き剝がして立ち上がる。

「話したかったのはそれだけだ。あとはまぁ、あんたの好きにしな」

「あの……」

紅茶の礼を言って立ち去ろうとする麻子に、早苗は控えめな声を出した。

「占いの先生は、どうしてそんなにわたしのことが解るんですか？」

麻子は思いきり顔をしかめた。

「『先生』はやめてくれ」

部屋で軽くステップを踏んだだけで足が攣《つ》りそうになった。もう何年、踊っていないだろう。

占い館のあるビルから歩いて十五分ほどのマンション。その一室が麻子の寝床だった。築《ちく》うン十年のおんぼろではあるが、住み慣れてしまえば不満もない。

誰からふんだくった金で買ったのかも忘れた羽毛布団が、くたびれた体を心地よく包む。日付をまたぐ前にベッドへ入る自分の姿なんて、若い頃には想像もしなかった。想像しなかったといえば、今日の昼間、早苗に会いに行ったこともだ。つくづくらしくない。

改めて理由を考えてみると、芹と、あの小南とかいう少年のせいのように思えた。

麻子は三津橋芹を美しいと思う。容姿の話ではない、あり方がだ。無愛想でエキセントリックで、周りの目を気にせず突飛な言動を見せる。そんな彼女に、機能美に似た潔《いさぎよ》さを感じていた。

麻子が初めて芹に会ったのは、三津橋が喫茶店を始めるあいさつに来た時だった。十歳になるかならないかで、その時にはもう表情に乏しく口数の少ない彼女だった。三津橋は言葉を濁したが、どうも母親を亡くしたことが影響しているらしい。

その後、麻子は会うたびに芹へ声をかけ、芹も礼儀正しく返してきたが、特に親しみの増すようなことはなかった。それが心地よかった。祖母や柚子に覚えたような粘着質の愛情も、祖父や閉鎖的な故郷から受けたような圧迫感もない。蜜柑の匂いのしない少女に一種の神聖性を認めて、麻子は今日まで見守ってきた。

しかし、あの小南という少年と話す芹の姿は、ほんのわずか、常とは違うように見える。あの平凡なような少年と推論を闘わせる時、少女は少しだけ向きになる。

そのことに麻子はなにを感じているのか。驚きか、興趣か、失望か、安堵か、嫉妬か。いずれにせよここ数十年忘れていたものであることは間違いなかった。その回生が麻子に故郷と柚子を思い起こさせ、早苗へ会いに行かせた。

その結果に大した意味はない。柚子に似た目をした女に会って、あの時にできなかったことをしてみたくなっただけだ。早苗が今後どうしようと勝手だし、謝礼の額にも影響しない。それよりも足腰の疲れが問題だ。若い頃は、どんなに疲れても一晩寝れば忘れたものだが……。

自嘲に頬を緩める自分のイメージが、蜜柑を奇麗に剝いた祖母の得意顔に重なった。あたしもすっかり大黒様だ。

くっ、くっ、くっ、くっ……と、引きつったように喉が鳴る。

息を切らすまで笑ったあとには、ぽっかりした静けさだけが残った。故郷よりなお音無《おとな》しい夜が始まろうとしている。眠気よりも眼球《めだま》の乾きに目を閉じた。

第三話　不死の一分　――Immortal

A

「速達！　……ってほどのこともないんだけどね。面白い本を見つけたもんだから、つい知らせたくなって」

鷲尾《わしお》さんはそんなことを言いながら、いかにも古びた和綴じの本を掲げて見せた。表紙には『藤川《ふじかわ》道場実記』の文字が古風な書体で印刷されている。

「江戸前期、K藩で隆盛した剣術道場の歴史を記した書物だ。これは写本を元にして、明治期に私家版された物なんだけど」

それでも相当な古書だ。保存状態は良好に見えるが、鷲尾さんは慎重な手付きで封筒にしまった。入れ替わりに、鞄から十数枚のコピー用紙の束を取り出しながら続ける。

「より詳しく言うと、天流《てんりゅう》剣術の流れを汲み、藩下最強を謳《うた》われた兵法天割流《へいほうてんかつりゅう》の沿革を記した本ということになる。創始者である藤川石龍斎《せきりゅうさい》の生涯から始まって、流派の隆盛と衰退、そして再興までが描かれている」

そこで鷲尾さんは眼鏡を据え直し――天井の電灯が楕円に歪んで映っていた――、俺たちが話に付いてきているのを確かめてから続けた。

「このくらいの時代の書物は、『実記』なんて言っても当たり前みたいに幽霊や妖怪が出てきたり、荒唐無稽なことも多いんだけど、これは地に足の着いた記録と言っていい。もちろん、身びいきな誇張や他流派への難癖なんかも見て取れるけどね。大体の記述は、藩の編纂した史書と大きな食い違いがない。

ただ一点、異様なエピソードが存在する以外は」

「異様なエピソード……ですか？」

おうむ返しに訊くと、鷲尾さんは思わせぶりな間《ま》を取りながら深くうなずいた。

「そう。流派衰亡の際《きわ》にあって起死回生となった秘剣。それについて記した段『子龍《しりゅう》皆伝し詰室《つめむろ》に三人《みたり》を斬る事』——今で言う連続密室殺人事件の記録さ」

シャッターの閉まった晴蛙《せいあ》堂《どう》書店の内側で、江戸時代にそぐわない「密室殺人」の単語はことさら奇異に響いた。


この古書店とは縁もゆかりもなかった高校生の俺が今日、ここを訪れることになったきっかけは、鷲尾さんと出会った日までさかのぼる。つまり、ここの真上にある占い館の主になぜかマッサージチェアを運ばされ、そればかりか失踪した女性の居場所を「占う」手伝いまでさせられた日のことだ。

あの日、晴蛙堂書店の息子さんである鷲尾敬一《けいいち》さんと知り合った俺は、もし店が再開するなら教えてください、とメールアドレスを交換していた。晴蛙堂は鷲尾さんのお父さんが個人で経営しているが、そのお父さんが入院中だとかで今は休業している。

この辺りは繁華街には及ばず田園にも遠いような半端な場所で、本屋を探すのも一苦労だ。行きつけの喫茶店と同じビルに古本屋があればありがたい。

しかし鷲尾さんから来たメールは営業再開の知らせではなく、面白い古書があるから見に来ないか、というものだった。なんでも、剣術道場の年代記の中に、魔術めいた秘剣が登場するのだという。

『唐突ですまないけど、小南《こなみ》くんはこういう謎めいた話、好きそうだと思って。』という文面に俺は眉をひそめた。占い館での様子から、鷲尾さんは俺にそんな印象を持ったのだろう。

「そこまで単純じゃない」と反発する一方で「たしかに心惹かれるけど」とも認めた。そして俺の場合、好奇心は常に反感や遠慮に勝ってしまう。


こうして訪れたのが雑居ビル・ハニコム小室《こむろ》の二階、その半分を占める晴蛙堂書店だ。

鷲尾さんのメールにあった通りシャッターが半分だけ開いていて、背を屈めて中へ入った。

そう広い店ではない。なんでも近くに倉庫があって、置き場のない在庫はそっちで保管しているそうだ。店内の品揃えは昭和の出版物から近年の中古本までいろいろだったが、不思議と全ての背表紙が同じ程度に赤茶けて見えた。

「やぁ小南くん。いらっしゃい」

鷲尾さんはカウンターの中の椅子に座って、眼鏡を拭きながら待っていた。穏やかな顔付きといい、くたびれたワイシャツの馴染みようといい、サラリーマン然とした人なのだが、本に囲まれてくつろいでいる姿も馴染んでいた。

平日の夕方六時過ぎ。窓のない部屋の中にも静かな夜の気配が染み入りつつある。営業していない店舗の中に入るなんて初めての経験だ。我ながら落ち着きなく見回しながら口を開く。

「こんばんは。本が七分《しちぶ》に他三分《さんぶ》って感じのお店ですね」

それくらいに棚から床から本、本、本で埋め尽くされている。鷲尾さんは大振りの鞄をカウンターへ載せながら笑った。

「売るほどあるからね」

「鷲尾さんがいるんだから、店を開ければいいのに」

冗談で言ったつもりだったが、嘆息とともに視線を外されてしまった。

「僕には無理だよ。親父が戻ってきても商売を続けられるかは判らないけどね」

「どういうことですか？」

「親父ももう歳だし、この稼業も年々厳しくなってる。今は紙よりディスプレイがテキストの運び手だから」

棚に並ぶ本の背表紙を目でなぞり、物憂げに言う鷲尾さんに、俺はちょっと返事ができなかった。なんとも世知辛い話だ。同じ文字を読むのなら、より便利な方向へ引かれていくのは理解できる。しかし、

「俺は紙の本、好きですよ。直方体の重みが手に馴染むって言うか」

「ありがとう」

俺に合わせてくれただけかもしれないけど、鷲尾さんの顔から憂《うれ》いが薄らいだように見えた。

鷲尾さん自身も本への愛着は相当に強そうだ。口振りからすると店を継ぐつもりはないみたいだけど……いろいろ事情があるのだろう。

あまり立ち入ったことを話すのも悪い。話を本題へ進めた。

「その古本ですけど、そんなに面白いのがあったんですか？」

「ああ。親父が入院する前に、物置を取り壊した剣道家から買い取ったやつで、その人の家に縁《ゆかり》のある書物なんだけど」

なにせ古い文書だから身内の誰も読めないが、家伝の書を内容も知らずに腐らせるのも心苦しい。内容を現代語訳して教えてくれたら買い取り額から何割か払い戻すと、その売り主から提案があったそうだ。鷲尾さんのお父さんは引き受けた直後に病気で入院したため、大学や趣味で古文書学を「かじった」という鷲尾さんが引き継いで読み込んだということだった。

「その払い戻すって額が馬鹿にならなくて、責任重大だよ」

鷲尾さんは胃が痛そうにうめいたが、吐息には微笑が混じっていたように思う。

「で、要約の現代語訳を進めるうちに、メールに書いた怪事件の件《くだり》に行き当たったんだ。この部分だけ怪異譚じみている理由が気になって気になって……誰かいっしょに考えてもらおうと、つい小南くんを呼んでみたってわけさ」

「怪事件って言っても……具体的に、どんなものなんですか？　メールには秘剣がどうのって書いてありましたけど」

秘剣。剣術の流派に伝わる秘密の太刀《たち》筋。心ときめく単語であることは否めない。

「ああ、それなんだけど……」

と、鷲尾さんはつと言葉を切った。

「詳しいことは、そろってから話そうかな。そろそろ来る頃だと思うけど」

そろう？　なにが？――と考える暇もなく、半開きのシャッターから見知った顔が入ってきた。

洋風の岡持ちを手に提げた、うっそりした雰囲気の少女だ。

三津橋芹《みつはしせり》。俺が最近通っている喫茶店のマスターの娘で、いそがしい時間帯は店の手伝いをしている。俺と同じくらいの年頃に見えるが、学校の制服を着ているのを見たわけでもないし、実際のところはよく知らない。いろいろな意味で正体不明な女だった。

……なんで芹がこの場に来るのか。視線で問いかける俺にはあいまいな笑顔で応えて、鷲尾さんは芹へ声をかけた。

「やぁ、御苦労様」

「御注文のブレンド二つとホットミルクです」

芹は愛想の一つもなく、フタ付きの紙コップを三つ、カウンターへ置く。それをながめる俺の視線に気付いたのか、目が合った。相変わらず感情の鈍そうな、しかしどこか胸を刺す純粋さも感じる黒目をしていた。今着けているエプロンもそうだが、黒が似合う子だと、思う。

その漆黒の目はあっさり俺を行き過ぎ、店の中をさっと見回したようだった。整理はされているが床に積まれた本も多く、すぐに営業できる状態には見えない。

「親父はもうじき退院できるけど、店を開けるとしたらもうちょっと先かな」

「そうですか」

早速コーヒーのフタを開けながら告げる鷲尾さんに、芹は素っ気なく応えた。といって、そもそも普段から素っ気というものがないので、慣れてしまえば特に冷たくは感じない。鷲尾さんも慣れていた。笑顔のまま俺へ、紙コップを差し出してくる。

「小南くんもどうぞ。少し時間がかかりそうだから」

「はぁ……じゃあ、遠慮なく」

受け取りながら、ふと気付くと芹が岡持ちを閉じて帰ろうとしている。反射的に、エプロンの結び紐をつかんで引き留めた。細身の体が起き上がり小法師《こぼし》のようにつんのめって、引き戻される。

「……なに？」

やはり感情は読めないが、横見にされると、にらまれているようでぎくりとする。

「あ、いや……たぶんホットミルク、三津橋のだから」

芹はゆっくりまばたきしてから、鷲尾さんへ目をやる。俺たち二人の視線を受けて、鷲尾さんはカウンターの上の鞄へ手を伸ばした。

「速達！　……ってほどのこともないんだけどね。面白い本を見つけたもんだから、つい知らせたくなって」

言いながら、古びた和綴じの本を取り出してみせる。表紙には、『藤川道場実記』の文字が古風な書体で印刷されている――

こうして俺たちは、江戸時代の密室殺人の謎に挑むことになった。

藤川石龍斎は尾張国愛知郡の人である。幼名を白兵太《はくへいた》、諱を永久《ながひさ》という。雷神の申し子である道場法師《どうじょうほうし》の裔《すえ》とも伝えられる。風貌堂々として森然たる威厳があり、声を荒らげるよりも沈黙によって人へ諭した。剣術の他、手裏剣術《しゅりけん》の達人としても知られる。

貧しい足軽の家に生まれ、若くして父を亡くした。大変に苦労したが決して不平は口にせず、母によく仕え、弟妹の良き兄として懸命に働いた。

ある時、弟がつまらない争いから隣人を殺して死罪となり、一家は連座せずに済んだものの村を追われることとなった。

「さても一命拾うたからには、世に身を立てねば弟に顔向けならず」

そう立身出世を誓った白兵太は、やがて斎藤伝鬼房《さいとうでんきぼう》の流れを汲む剣士の門人となり、その才を世に顕《あらわ》していく。

関ヶ原では東軍に参加し、槍衾《やりぶすま》にも一切怯《ひる》まず飛び込んで敵を斬りまくったことから「藤川の不死駆け《ふじが》」と両軍に名を轟《とどろ》かせた。ことに、斬り合いになった時に相手の刀と一合も打ち合うことなく、まるですり抜けるように斃《たお》す無合《むごう》必殺の技が恐れられたという。ともに剣の高みを志す年少の盟友、小沼頼蔵《こぬまらいぞう》は、この戦いで石龍斎に命を救われたのが縁となり、以後の行動をともにするようになった。

その後、各地を転々としながら技に磨きをかけ、兵法天割流と名付ける。相手の受け太刀を実体のない稲妻のように透《とお》り抜ける剣を、天を割る雷に例えての称だという。やがて流れ着いたK藩で道場を開き、この時に石龍斎と号す。小沼頼蔵を師範代に、「不死駆け」の武名を慕った門人は百余名にも上り、その威勢を聞き及んだ藩の家老正木蔵人《まさきくらんど》に請われて剣術指南番として召し抱えられた。

Ｋ藩は小藩ながら山海の資源に恵まれ商業が盛んで、城下には活気があった。まだ若い藩主は正木ら重臣の操り人形のようなもので、その鬱屈を剣術にぶつけていた。名高い剣豪である石龍斎の仕官を喜んだのは言うまでもない。

その寵愛ぶりは招聘《しょうへい》した正木の頭を悩ますほどであったが、石龍斎自身は常に身を持し、分《ぶ》をわきまえた振る舞いをしたため心服しない者はなかった。

ただ一度、主が側室の縁者を重んじて旧来の家臣を蔑《ないがし》ろにした時には激しく諫言《かんげん》した。貧しい生まれの自分を取り立ててくれた藩への恩を切々とかき口説き、

「石龍斎御国にお仕えして十余年、身命を以て恩顧に報いる所存なれど、今日、政道は理を離れ情に傾いております。殿が理非より情願を重んずるならば、腹を割き腸《はらわた》を供してお諫《いさ》めいたしましょう」

そう腹へ刀を擬して言い放った。これにはいささか性根の曲がった藩公も狼狽《ろうばい》した。

「よせ石龍斎。天下の剣士が可惜《あたら》命を捨ててなんとする」

「一人《いちにん》の石龍斎死すとも一振りの剣が折れるのみ。代わりはいくらもあります。しかし殿が惑われれば石垣が崩れ城が落ちるも同然です」

その剛毅と熱誠に藩公も折れ、行いを改めた。このように主君の気性を把握し常に的確に接した。

石龍斎は出自に恵まれず学識はなかったが、世間の理合いを弁ずるに達者であり、いつしか主家の重石になっていた。また、自身が少禄でありながら困窮者に施《ほどこ》しを与え、武芸を教えたことから城下の皆に慕われた。

家族に対しては家長として剣の師として厳しく接する一方、生まれたばかりの子らには自ら這《ほう》子《こ》を作って無事を祈ったという。

一方、実戦剣法である天割流は習得が難しく、広まりは遅々としたものだった。流派の名の由来となった受け太刀知らずの「雷走り《らいばし》」に至っては、小沼頼蔵を含むわずか数名の高弟に伝えられたのみだという。見込みのない藩士には、流派の余技である小太刀や手裏剣術を習わせた。戦のない世ではその方が護身として有益と判断したのである。剣士にして剣にこだわらぬのが石龍斎であった。

寛永《かんえい》の末頃に病没し、三男の子龍《しりゅう》へ家督と道場を託した。門人ばかりか城下の皆、こぞって喪に服したと伝えられる。

遺誡《ゆいかい》に曰く、

「剣は槍に非《あら》ず、復《ま》た弓に非ず。獣を狩るに利を得ず。

剣は鉈《なた》に非ず、復た斧に非ず。木を伐るに用を得ず。

剣は人をして人を討つに初めて意を為す人殺人《じんさつじん》の道具なり。以て外《ほか》に用無し。

逆も復た然《しか》るべし」


「――というのが、流派の始祖である石龍斎永久の大まかな生涯だ」

他にも細々した事績がたくさん書かれているけど、剣豪の伝記にありがちなエピソードのコピー&ペーストみたいでオリジナリティがないから省いた。と、鷲尾さんは要約の基準を示した。

俺はカウンターの前に置かれた丸椅子に座って話を聞いていた。隣には意外とあっさり居残りに応じた芹がいて、膝に載せたコピー用紙の束へ目を落としている。

「秘剣の話は出てきませんでしたね。この『雷走り』っていうのは違うんでしょ？」

相手に防御させずに斬るだけなら、高等技術ではあっても魔術的な感じはしない。

まだ熱いコーヒーをすすりながら訊くと、鷲尾さんは『藤川道場実記』の現代語要約をまとめたコピー用紙のページをめくった。俺と芹にも同じ物が渡されている。

「ああ。秘剣『詰室通し』を編み出したのは石龍斎だけど、実際に使ったのは後継者の子龍なんだ。密室殺人をやったのも彼ということになるね。ただ、一見不可能な密室殺人が信憑性《しんぴょうせい》を持ったのは石龍斎と『雷走り』の伝説があったからこそなんだ」

だから石龍斎の話から始めたわけか。俺が納得するのを察してか、鷲尾さんは熱の籠もった微笑を浮かべて話を進めた。

「さて、本筋の子龍の話をしよう。石龍斎の死から二十数年前、誕生のエピソードからだ」


藤川子龍は石龍斎の三子である。幼名を三史郎《さんしろう》、後に景継《かげつぐ》と改める。体格に恵まれ、人込みの中を歩いても頭一つ分高いのですぐ見つかったという。

開祖石龍斎には上に二人の男子がいたが、生まれたばかりの子龍を見るや「継ぐを得たり」と流派の後継に定めた。長子の一郎太《いちろうた》がその理由を尋ねると「三史郎にはお前たちにない、剣の天稟《てんぴん》が備わっておる」と、そう答えたと伝わる。

師範代の小沼頼蔵は長幼の序を違えるのは闘諍《いさかい》の元であるとして師を諌めたが、石龍斎は頑として容れず、小沼は憤懣《ふんまん》やるかたなく道場を離れていずこかへ出奔《しゅっぽん》した。

三史郎は最初、自分が後継であることを鼻にかけて居丈高に振る舞ったが、二人の兄、一郎太と二郎太《じろうた》がいずれも剣において三史郎を上回ることを認めると謙譲を心がけるようになった。以来、一意に剣へ打ち込み着々と実力を付け、父の存命中に「雷走り」を相伝し師範代に認められる。

畢竟《ひっきょう》、奥義を会得したのは兄弟のうちでも子龍だけであった。

二十二歳の時に石龍斎が亡くなると定め通り道場を継ぎ、子龍と号した。勤勉に役目へ励み、二人の兄も子龍を守り立てたが、実力も人望も開祖には遠く及ばなかった。また生硬で融通の利かない子龍は藩公の覚えも悪く、次第に主家への影響力を失っていく。

石龍斎死去から四年後、子龍はついに剣術指南番を解かれる。後釜に座ったのは無双直伝流《むそうじきでんりゅう》の桜木和馬《さくらぎかずま》という剣士で、藩公愛着《あいじゃく》の側室の弟である。剣の腕は亡き石龍斎には及ばぬものの、まず達人と言ってよく、なかなかの美丈夫であったために藩公に愛された。

桜木はかつて石龍斎に頭を押さえられていた鬱憤を晴らすかのように藤川道場の門弟を嘲《あざけ》り、事あるごとに侮《あなど》った。ある宴席で酒を過ごした和馬は子龍にへばりつき、なぶるように問いを重ねた。

「三史郎殿には二人の兄上がおられるのに、なぜ流派を継がれたか」

「わたしが生まれた日、父の取り決めたことです」

「なぜ決められたか」

「奥義の相伝に足ると見たためです」

「ははあ、赤子を見て剣の才を見抜くとは、さすがは音に聞こえた石龍斎殿」

言葉では感心しているが、にやにやと揶揄する響きである。子龍は動じず激さず、和馬の雑言を聞き流した。しかし、一同の面前で父を侮辱されて言われるがままだった噂はまたたく間に広まり、子龍と藤川道場の評判は地に落ちた。

一方、桜木和馬は藩政にも容喙《ようかい》するようになっていく。永らくお飾りに甘んじていた藩公も桜木の阿諛追従《あゆついしょう》を真に受けて増長し、自ら政事《まつりごと》に臨んだが経験不足からいたずらに混乱を招くばかりであった。

そんな折である。廻国修行中の武芸者、尾瀬《おぜ》一角《いっかく》なる者が藤川道場を訪れた。風体みすぼらしく容貌陰惨、背は六尺に及び虎が立ち上がったかのような壮士である。尾瀬は威勢衰えた天割流を嘲り、悔しければ石龍斎秘伝の奥義とやらを見せてみろと挑発した。

方々の道場で師範を打ち倒し、その事実を広められたくなければ……と脅して金を強請《ゆす》り取る、剣の世界では少しばかり悪名の知れた男である。金のためならどんな汚いことでもする。挑戦を断れば道場の不名誉を言いふらすだろう。

門人たちは怒りに震えたが、尾瀬の凶相と隙のない物腰を恐れて誰も追い出せない。立ち上がったのは道場主たる藤川子龍であった。

「よろしい。天割流奥義『詰室通し』、とくとお目にかけよう」

それが藩下に知れ渡る魔剣伝説の始まりとなった。

「詰室通し」とはすなわち、密閉された屋敷の中にいる敵手を屋敷に入ることなく斬って捨てる一刀である。それを聞かされた尾瀬は呵々大笑《かかたいしょう》した。

「ならば斬ってもらおうではないか！」

　舞台は、話を聞き及んだ家老正木蔵人によって用意された。城下の外れ、三方を深い沼に囲まれた鳥鳴庵《ちょうめいあん》という小屋である。茶室と見まがうばかりの小さな構えで、水屋を含む三室と廊下で構成される。

　水面に煙《けぶ》る朝靄の絶景を愛した先代藩公が、鷹狩りの休憩所として設《しつら》えた場所だ。小さいが造りはしっかりしており、秘密の抜け穴や隠れ場所などは存在しないことが図面で証明されている。全ての戸に閂《かんぬき》が掛かり、戸を閉め切ってしまえば内外を通じる隙間は小さな格子窓が二つあるだけ。

　強引に押し入れば出入りはそう難しくない。が、三方を囲む沼は徒歩《かち》どころか舟で渡るのも困難な魔所であり、残る一方を見張れば侵入者の有無は容易に知れるという地勢であった。

　正木とその同僚である菅野将監《かんのしょうげん》が決闘の立会人となった。妙な小細工を弄させぬため子龍は門人を連れることを禁じられ、あとは正木と菅野のわずかな手勢がいるきりである。

　季節は冬の始め。雲一つない空が冷酷なまでに青い。

「やぁ、これは結構。これだけ晴れ晴れとしておれば不正のしようもあるまい」

　手でひさしを作って空を見上げながら、尾瀬一角は不敵に微笑んだ。藤川石龍斎秘伝の剣と相対するとも見えぬ、余裕綽《しゃくしゃく》々たる態度である。前夜、城下の酒場で足腰の怪しくなるほど酒を過ごした男とも思えない。

　対する子龍は黒一色の衣に身を包み、落ち着き払っていた。こちらはこちらで、今から人を斬る者の有り様には見えぬ。

■単行本

刑事何森　逃走の行先

丸山正樹

四六判上製・定価1980円 E

ベトナム人技能実習生は、なぜ罪を起こさざるを得なかったのか？　苦悩の刑事・何森の定年までの数ヶ月を描く連作ミステリ。『刑事何森　孤高の相貌』に続くシリーズ第二弾。

九月と七月の姉妹（仮）

デイジー・ジョンソン／市田 泉 訳

四六判上製・定価2200円 E

貪欲で残忍な九月生まれのセプテンバー。内気で従順な七月生まれのジュライ。他の誰も必要としない、強固な二者関係の辿り着く先は——。一篇の詩のように忘れがたい物語。

紙魚の手帖

SHIMI NO TECHO

vol.11

JUNE.2023

東京創元社が贈る総合文芸誌

A5判並製・定価1540円 E

浅ノ宮遼／眞庵、北山猛邦、京橋史織、久青玩具堂、大和浩則で贈る、初夏のミステリ読切特集。本誌初登場、熊倉献によるコミック新連載。スワンソン、宮澤伊織読切ほか。

※価格は消費税10％込の総額表示です。E印は電子書籍同時発売です。

■創元推理文庫

二度死んだ女　レイフ・GW・ペーション／久山葉子 訳

定価1760円 Ⓔ

キャンプで発見された頭蓋骨は死後二週間近くが経過していた。ところが警察の調べで同じ女性が十二年前にタイで死亡していたことが判明。ベックストレーム・シリーズ第四弾。

熱砂の果て　C・J・ボックス／野口百合子 訳

定価1430円 Ⓔ

ワイオミング州の砂漠地帯を舞台に繰り広げられる大迫力のアクション！　恐るべき危機が猟区管理官ジョー・ピケットと盟友のネイトを襲う。冒険サスペンス・シリーズ新作！

《リディア・チン&ビル・スミス》シリーズ

その罪は描けない　S・J・ローザン／直良和美 訳

定価1430円 Ⓔ

おれが殺人犯だと証明してくれ——有名画家からの奇妙な依頼を受け、私立探偵ビルと相棒のリディアは美術業界に切り込んでいく。現代ハードボイルドの傑作シリーズ最新刊。

「なにせ命の懸かること。我が目で飽くまで検《あらた》めさせていただく」

尾瀬は鳥鳴庵の天井裏から床下まで徹底的に調べ上げ、小屋中を引っくり返す音が外まで聞こえてきた。点検は朝から始まり、準備が整ったのは昼過ぎのことだった。

「よかろう、いつでも来られい。藤川流の奥義、目に焼き付けさせてもらうとしよう」

尾瀬はそう言い放って戸を閉めた。これから起こることを、まるで童《わらべ》のように楽しみにしている風である。中で閂を掛ける音がごとりと続いた。

一方の子龍は泰然自若としてゆったり歩を進め、おもむろに刀を抜き放つ。昼下がりの陽光を集めた刀身は紙よりもなお白く、日差しの中へ溶けて消えゆきそうに見えた。

構えは上段。尋常な立ち合いなら捨て身同然の、相手を頭蓋ごと断ち斬る体勢である。

子龍と鳥鳴庵の距離はおよそ一丈三尺（約四メートル）。どう頑張っても刀の届く距離ではない。

黒衣の剣士はそれ以上一歩も動かず、あるいは気を練ってか、見る者の喉が渇くほどの間、微動だにしなかった――と。

「邪《や》ぁぁぁぁあっっっ！」

刹那、裂帛《れっぱく》の気合いとともに白刃が振り抜かれる！　見守る一同にサッと緊張が走った。この世のものとも思えぬ絶叫と切っ先の空《くう》を断つ風音が、人の肉を裂き血しぶきを噴き上げる音に似て耳を擦《す》った。

天割流の雷走りは敵手の刀をすり抜けて斬るという。同じように、閉ざされた壁を透かし斬る技が存在するのだろうか。

「――否、まさかに……尾瀬！　尾瀬、応えよ！」

受け太刀をさせずに打ち込むのと壁抜けでは話が全く違う。菅野将監は狐につままれたような心地で尾瀬に呼びかけたが、一向に返事がない。

「されば菅野、この目で確かめるほかあるまい」

正木の呼びかけで、部下たちを見張りに残して正木と菅野、やや遅れて子龍が鳥鳴庵に駆け込んだ。

正面の戸を閂ごと蹴破って、まず目に入ったのは尾瀬一角の死体だった。

顔面から胴まで縦一文字に断ち斬られている。それだのに見て取れるほどの驚愕が死に顔に張り付いて、菅野たちを出迎えた。確かめるまでもなく死んでいる。死体はまだ温かく、傷口から湯気の立たんばかりである。おびただしい血が畳と板間を染め上げ、密閉されていた屋の中に吐き気を催す臭いを溜めていた。

だが、正木、菅野の両名を真に驚かせたのはその無惨な遺体ではない。この酸鼻な光景も、戦国の気風を肌で知る二人にはさしたる衝撃ではなかった。問題は、どう斬ったのかまるで知れないことだった。

改めて調べても、蹴破った以外の戸は全て内側から閂が掛かっている。格子窓も外された様子はない。子龍が正木たちの後から入ったことも間違いなく、正木、菅野が手分けして小屋の中を調べ回っても隠れている者はいなかった。その間、子龍は常に正木か菅野の目の届く場所におり、なんらかの隠滅を行う隙はなかった。外で見張っていた部下たちも小屋から逃げる者はなかったと断言した。

なにより、寸分のためらいなく斬って落とす太刀筋はまごうことなき兵法天割流、しかも達人の技である。尾瀬が懐《ふところ》に入れていた傷薬の壺までもが真っ二つになっていた。

――隙間一つない戸や壁を透かして、子龍が斬ったとしか思えぬ。そうとしか考えられないような尾瀬の死に様であった。

一通りの吟味が終わった頃には、空は早、夕日に染まり、地上に撒き散らされた血の色に覆いをかけた。尾瀬一角の遺体には子龍の手で布がかけられ、畳に載せて運び去られた。

秘剣恐るべしの風説は、雷鳴の如く城下へ聞こえ渡った。

桜木和馬に後れを取り、道場を衰えさせたと侮られていた藤川子龍。尾瀬一角を妖剣で斬ったことは彼に面目《めんぼく》を施《ほどこ》したばかりでなく、桜木を恐懼《きょうく》させることにもなった。

元より人格においては和馬より子龍の方に群臣の支持が強く、実力も凌《しの》ぐとなれば指南番を子龍に戻すのが筋だからである。剣術を「狂」が付くほど愛好している藩公にも異はあるまい。

故に桜木は詰室通しの実在を認めず、そんなものは剣術ではない、謀《たばか》りであると断じた。

詰室通しの刃が再び閃《ひらめ》いたのは、それから一月《ひとつき》ばかり経った雪の日のことである。

目付の梶尾《かじお》道良《みちよし》の与力早田《そうだ》弥二郎《やじろう》なる剣士が、詰室通しの噂を聞き「破ってみせる！」と挑戦したのだ。梶尾は桜木が後ろ盾に恃《たの》む藩公側室の一派である。このような時のために、有数の妙手である早田を手飼いにしていたと言ってよい。

「俺は油断していた尾瀬とは違う。三史郎がいかに奸計《かんけい》をめぐらそうとも返り討ちにしてくれる」

それが放言でないと感じさせるだけの気迫が、早田にはあった。最初は藤川道場で学び、長じては他藩の道場へ出張って田宮《たみや》流を修めた彼は、藩随一の居合いの仕手《して》と知られていた。

早出は藩譜代の家に生まれたが当主である異母兄と折り合い悪く、そのため逐電同然に武者修行の旅へ出ていた身である。それでいて二君に仕えられるほど器用でもなく帰国したが、その身勝手から生家には疎まれて梶尾の預かりとなっていた。もし命を落としても誰が惜しむこともない人間であり、いわば死中に生きる凄みがあった。

鳥鳴庵は信用ならぬ、どこぞ抜け道でもあるのではないかと、今度は梶尾が戦いの舞台を用意した。梶尾家の離れ座敷である。

木々に囲まれた、ほとんど土蔵のような建物で、前後二つきりの戸を閉め切れば、あとは明かりと風を入れるための小さな窓があるきり。その窓も人が通れる大きさではなく、また枯葉に覆われた汚い池に面しているため、歩いて近寄ることも難しい。覆い隠すような立地は、元は公《おおやけ》に出せない家人を閉じ込める座敷牢だったからというのがもっぱらの噂だった。

さらに対決の当日は、明け方まで降り続いた雪によって地面が純白に覆われていた。誰がどこから近付いても足跡が残ってしまう。密室はさらに閉ざされた。

しかし――それでも早田は斬られたのである。

早田が離れ座敷に入って戸を閉ざすと、前回とは打って変わって白い衣で現れた子龍が離れ家から四、五歩分も離れて刀を構える。そして辺り一帯を震わせるような絶叫とともに刀を振り抜いた。ただし今回は上段から打ち下ろしたのではなく、中段の構えから横薙ぎに払った。目の前に敵がいたなら喉笛を狙う動きである。

果たして、早田は首を切り裂かれた無残な姿で離れ座敷の中に斃《たお》れていた。即死ではなかったらしく左の袖で傷を押さえ、しばらくもがき苦しんだ様が見て取れた。仰向けになって天井を向いた瞳には何物も映らず、いっそ穏やかとも見える虚ろな表情で事切れていた。

亡骸《なきがら》を前に、真っ先に駆け込んだ梶尾は言葉を失い青ざめた。早田の傍らには、血の曇りも切り結んだ跡もない刀が転がっていて、やはり天割流の雷走りに敗れた者の散り様に酷似している。

藤川子龍だけは離れ座敷には入らず、しかし早田の死を確信して神妙に瞑目していた。

離れ座敷の中には早田以外の人間も刃物も残されていなかった。雪中に刻まれた足跡も、早田と、検分に入った梶尾の物だけである。鳥鳴庵以上に堅固な密室がそこにあった。

二度《ふたたび》にして奇幻は飛躍的に信憑性を増した。詰室通しは真実の魔剣である——城下の話柄は一色に埋め尽くされた。

これには家老の正木も頭を抱えた。駿河《するが》大納言《だいなごん》の改易を忘れるには早い頃のこと、怪力乱神めいた剣術が城下を騒がせているとなれば、いずれ幕府の目に留まるのではないか。ただでさえ藩公が剣術に傾倒し桜木和馬のごときに惑わされている昨今である。放っておけば主家の存亡を問う事態になりかねない。

日々深まる憂色は、その桜木に見抜かれた。

「されば、正木様の御懸念、この桜木が晴らしましょう」

元より桜木も子龍の剣名が揚がるのは面白くない。雌雄を決する時が来たのだ。

「なに。秘剣とやらの仕掛け、すでに読めております」

「そうまで申すならやってみよ。殿の許しはわしからいただこう」

「はっ。見事秘剣を破り、市中を惑わす藤川子龍を斬って御覧に入れましょう」

正木にとっては渡りに船の申し出である。どちらが敗れても頭痛の種が減る。

子龍は桜木の申し出を快諾し、叶うなら藩公の御前で勝負したいと願い出た。藤川と桜木。どちらが剣術指南にふさわしいか、主君の前で明らかにするというのである。

藩公は桜木、藤川両者の願いを容《い》れ、我が目で対決を親覧すると宣言した。

場所は尾瀬一角の斬られた鳥鳴庵。藩公も勝手知ったる場所で、抜け穴も隠れ場所もないことを確信していたからである。また、自分が幼い頃から出入りする庵で希代の魔剣が振るわれることに稚気《ちき》の抜けない興趣を覚えていたようだ。

桜木はためらいなく承知した。あとになって桜木の門人が語ったところでは、こう言って自信を見せたという。

「案ずるな。察するに、詰室通しは門に細工をし、伏せ手が早業で小屋を出入りし敵手を斬って逃げる仕掛けだ。それより考えられぬ」

「二所とも沼や雪に囲まれておりました。どこへ逃げます?」

「沼ならば渡りきれずとも潜む方法はあろう。離れ座敷の場合、三史郎が屋の中へ入らなかったのが怪しい。白景色に溶け込む白い衣を壁にして、梶尾様と入れ違いに出てきた仲間が池の中にでも隠れるのを手伝ったのではないか。あとは早田の骸《むくろ》が見つかり見張りが動揺した隙に逃がしたのだ」

「む……しかし、それでは逃げた者の足跡が雪に残ります」

「天割流が手裏剣を教えているのを忘れたか。木の枝に積もった雪を飛礫《つぶて》で落として足跡を隠したのだ」

「うーむ……見張りが気付くのではありますまいか」

「まさにそれよ。雪が曲者《くせもの》の有無を知らせてくれるという思い込み。そこから来る油断こそが大胆な逃走を許したに違いなかろう」

門人は桜木の機知に感心したが、一方で、そんな乱暴なやり方が二度もうまく行くものだろうか……と不安にも思った。桜木の拙速な予断には、剣術指南の役目を奪われるやもしれぬという焦りが多分に影響していたものであろう。

門人の不安は的中した。桜木和馬は鳥鳴庵に命を落としたのである。

当日、藩公は子龍と桜木を連れて自ら鳥鳴庵へ入り、手の者に家中をひっくり返させた。そうして誰もいないことを確認し、桜木を残して外へ出た。

尾瀬の時と同様に鳥鳴庵を閉め切り、さらに桜木は門に釘を打って寸分も動かぬように固定した。念のため格子窓にも持参した板を打ち付け、蠟燭《ろうそく》で明かりを採った。これでもう、出入りできるのは隙間風ばかりである。

それなのに斬られた。自慢の銘刀を抜きながら、一合を交わした跡もなく斬り捨てられた。ばっさりと袈裟懸《けさが》けに胴を斬られたその末期の顔には、ただただ純粋な恐怖が刻まれていた。

桜木の骸を最初に見つけたのは、戸が破られて真っ先に駆け込んだ藩公である。あれほど寵愛した剣士の無残な死体を前にして、子供のような昂奮を見せながら快哉《かいさい》を叫んだ。

「見事！　まごうべくもなく天割流の太刀。子龍の勝ちじゃ！」

「お待ちを。誰ぞ潜んでおらぬか、今一度、中を調べましょう」

正木蔵人の言葉ももっともと、藩公は最後の確認をさせた。自分も三間ある部屋を回りながら、同道する子龍へ親しく声をかけた。藤川の天割流は再び主君の寵を得たのである。

そして俺の中に誰も隠れていないことが確かめられると、藩公はその場で藤川子龍の剣術指南番への復帰を命じた……――


「――……こうして、藤川家と天割流は再び隆盛し、幕末に至るまで剣術師南としてK藩に仕えたんだ。ざっと目を通した限り、このあと『詰室通し』は二度と振るわれることはなかった。まさに幻の秘剣だね」

と、鷲尾さんは長い話を締めくくる。古めかしい単語が飛び交ってややこしかったが、手元に要約があったからなんとか付いていくことができた。

平たくまとめてしまえば、江戸時代の剣客・藤川子龍が密室に籠もる敵を斬ったという伝説だ。

「伝説」らしく荒唐無稽で、事実を無根なレベルにまで脚色したファンタジーに思える。しかし、

「ここだけ怪談じみてるんですよね？　その本」

「そう。流派の剣士が妖怪退治をしたとか、そういう与太話は全く載ってない。だから、この話にも合理的な説明ができるんじゃないかと思ってね」

たしかに、鵺《ぬえ》と戦ったとか鬼を斬ったとかいうよりはいくらか現実味のある話ではある。少なくともこの場では実話だと仮定するべきだろう。どうせ証明できないのだから考えても無駄、などとしてしまうのは野暮《やぼ》というものだ。

……と、ふと不安になって隣を見る。いかにもその野暮を言いそうなのがいた。

俺の視線に気付いたのかどうか、次に口を開いたのはその三津橋芹だった。

「合理的、と言うと、物理的に可能かどうかということですか？」

「え？　ああ、うん」

質問の意味は解るが意図が解らなかったのだろう、鷲尾さんは少し戸惑った声を出した。芹は「なるほど」とつぶやいただけで、あとは黙り込んでしまう。

……またなにか、考えをめぐらせているのだろうか。偽探偵の時も、家出女性の時も、ずっと黙りこくったあとで決定的な推論を導き出した。そう何度もいいところを持っていかれるのは避けたい。

今日こそは先を行きたいところだ。俺は必死に頭を働かせた。

「最初の……尾瀬一角が斬られた話ですけど、尾瀬が共犯だという線はないですか？」

「共犯？　殺されたのに？」

「斬られたのは尾瀬本人じゃなくて、背格好の似た誰かだったんです。同じ着物を着て顔を真っ二つにされてたなら、身内でもなければ見分けが難しいんじゃないでしょうか」

鷲尾さんは興味を持ってくれたようだった。眼鏡の向こうの目が輝く。

「うん、それで？」

「最初の鳥鳴庵での対決の時、庵の中を調べたのは尾瀬だけです。あらかじめ床下なりに潜ませておいた替え玉を庵の中へ引き込んでも誰も気付きません」

「秘剣を受ける側がインチキをしているとは、みんな思わないだろうからね」

「そうです。替え玉は口八丁で騙《だま》して用意したんでしょう。その替え玉を、藤川子龍が気合いを発するのに合わせて尾瀬が斬る。そして尾瀬はすぐには探されなさそうな物陰に隠れ、隙を見て死体と入れ替わって脱出したんです」

　俺はコピー用紙をめくって該当箇所を指しながら続ける。

「尾瀬の死体に布をかけたのは子龍とあるから、ここが怪しい。本物の死体は沼に捨てて入れ替わって、どこか……死体置き場？　みたいな所でむっくり起き上がって尾瀬は姿を消したんです」

「死体と入れ替わりか。うん……面白いけど」

　鷲尾さんは腕組みして悩ましげに喉を鳴らした。

「それだと、最終的に死体が消えてしまって騒ぎになるんじゃないかな？　そこからトリックが発覚するリスクも大きい」

　そこは考えている。俺は勢い込んだ。

「簡単です。死体が足りないなら足せばいい。沼に捨てたのとは別に、顔を斬られた死体を用意するんです……あるいは、改めて子龍が尾瀬一角を斬って死体置き場に並べれば、口封じと辻褄合わせの一石二鳥になるでしょう」

「……動機は？　尾瀬は、どうして子龍と組んでそんな狂言をしたんだろう」

「金です。尾瀬というのは金のためならなんでもするような男だそうですから、子龍が金を出して、狂言に付き合ってくれと頼めば乗ってくると思います。子龍の動機は、流派の復権のため、秘剣の威力を喧伝したかったというところでしょう」

「……なるほど。思い切った考えで、個人的には好きだな。足りない死体を足すというくだりがいい」

　鷲尾さんは微笑んだが、降参の笑みでないことは明らかだった。

「けど、やっぱり何点か問題があると思う。まず、死体と入れ替わるタイミングが難しすぎる。家老たちが手分けして家捜ししたんだから死角は少なかっただろうし、常に彼らの視界にいた子龍には手助けできない」

……それを言われると弱い。鷲尾さんの指摘はさらに続いた。

「なにより、尾瀬は天割流の太刀筋で斬られていたんだ。石龍斎や兄たちには及ばないとはいえ、子龍の技量は皆伝。流れ者が付け焼き刃で真似できるもんじゃないよ」

「あ……そう、ですね」

そこは考えていなかった。見つかった死体が温かったことを考えると、あらかじめ天割流の者が斬っておいた死体だとも思えない。

「まぁ、それについては、死体と尾瀬の役割を逆にすれば説明できるけど」

「そうか……あらかじめ庵に潜んでいたのが死体用の替え玉じゃなくて、天割流の剣客だったなら、油断している尾瀬を斬って太刀筋を残せる。あとはさっき言った通りに尾瀬の死体と入れ替わって脱出すればいいんだ」

思わず納得してしまったが、いずれにしても問題を解決できないのも解っていた。自然と声が小さくなる。

「その場合でも、家老たちの目を盗んで死体と入れ替わったり、死体を沈めたりするのは難しいですね」

「それに、二件目の離れ座敷でも桜木和馬が殺された三度目の決闘でも、同じ方法は使えない」

雪に足跡を付けずに替え玉を招き入れたり逃がしたりするのは、考えるだに困難だ。なにより、すでに死人が出ているのに狂言に付き合うようなバカもいないだろう。

そうなると……俺の説は行き詰まりだ。残りの二件に別のトリックがあったとしても、にわかには思い浮かばない。

「やっぱり難しいかな……何百年も前の話だ。ここに書いてある情報だけで、妖術じみた剣の真相を読み解くなんて」

鷲尾さんは鷲尾さんで、いろいろと考えをめぐらせていたのだろう。だから俺の仮説の問題点も即座に指摘できた。それでも魔剣の秘密は見破れなかったのだ。

この問題を解くには、なにか常識を逸脱した発想が必要なのだろう。

そこまで考えると、自然と視線は隣で黙り込んでいるやつへ向かった。非常識と言えば三津橋芹だ。

彼女は要約のコピーを何度か見返したあと、スラックスの膝の上に載せて虚脱したようにしている。顔を見ても答えが出たのかどうかまるで見当が付かない。

「……どうだ？　なんか思い付いたか？」

俺の問いに、芹は湯気の消えかけたミルクを一口飲んで、つぶやきを返してきた。

「剣は人をして人を討つに初めて意を為す人殺人の道具なり。以て外に用無し。逆も復た然るべし」

なんだ、やぶからぼうに……。

「石龍斎の遺した言葉だね」

戸惑う俺に代わって確認する鷲尾さんに、芹はこくりとうなずいた。

「はい。石龍斎という人は死んだあとまで剣士だった。そう考えれば、説明は付きます」

「なにを言いたいんだ？」

芹はのっそりと顔を上げた。頭の中へ這い入ってくるような真っ黒い瞳を向けられて、俺は反射的にのけ反りそうになった。

「犯人だよ」

「犯人？　犯人は……主犯だか首謀者だかは、藤川子龍だろ？」

自明のことを問い返す俺に、芹は特に劇的な溜めを作るでもなく告げてきた。

「犯人は藤川石龍斎だと思う。子龍も道場も、彼の剣にすぎない」


俺と鷲尾さんは目を見合わせて、お互いの眼中に不理解の色を見た。そうしてそのまま、二人して芹へ視線を移す。芹はそれに応えるように唇を開いた。

「まず引っかかったのは、なぜ三男だった藤川子龍が跡目を継いだのかってこと」

「奥義を継ぐ素質があるから……ってあったけど」

言われてみると変な話だ。赤ん坊のなにを見たら剣術の才能が判るというのだろう。しかし実際、奥義を極めたのは剣術において上回る兄二人ではなく子龍だった。石龍斎は壁越しに人を斬り、千里眼まで備えた超能力者だったとでもいうのか。

続く芹の言葉は、それこそ千里眼じみた飛躍をしたものだった。

「赤ん坊が生まれた瞬間に決定する、明快で無類で、間違いようもなく確信できる資質。しかも兄である一郎太が石龍斎に尋ねたということは、本人だけを見ても判らない特徴。

——たとえば、その子供が双子だったなら説明が付く」

「双子……確かに、それは一目瞭然の特徴だな。でも、そんなこと、この伝記には書いてないぞ」

家伝の書なら、当主が双子だったことくらい書いてありそうなものだ。俺の指摘に、芹は即座に答えを返してきた。

「この場合、伝わってたら意味がない。熟達した手品師でも、手品道具の設計図が知られていたら手品の技も見破られるでしょ」

「壁抜けの秘剣は、双子の手品だっていうのか？」

「そう。あなたが言った通り、ならず者の尾瀬一角は買収されたかなにかで藤川子龍に通じていた」

返事ができなかったのは、芹が俺の話をちゃんと聞いていたことに驚いたからだった。

「尾瀬は徹底的に家捜ししたふりをして、あらかじめ鳥鳴庵に隠れていた子龍の双子の兄弟を見逃した。それから、たぶん体のどこかを切られて傷を負うつもりだった。詰室通しを証明するだけなら、なにも命を奪《と》られる必要はないからね。だから傷薬を買って、懐に入れていた」

尾瀬は対決の前夜に深酒したとあったが、八百長《やおちょう》だから体調を整える必要もなかったわけか。

「殺されるとは思ってなかったから尾瀬は協力したんだね。切り傷一つで藤川道場という金づるが手に入るなら悪い取り引きじゃない。でも、子龍は後顧の憂いを文字通りに断ち切った」

鷲尾さんがうなずいて、それから不思議そうに続ける。

「けど、子龍の兄弟はどうやって逃げたんだい？」

「逃げなかったんです」

芹の回答は、ひどくあっさりしていた。

「家老たちが手分けして侵入者を探している間、子龍と同じ部屋に入らないようにしていただけです」

「そうか……双子が同じ格好をしていて、その人が双子だと知らない相手が一方だけを見たら、知っている方の人間だと思い込む」

なるほど、子龍に双子のいることが知られていたら即バレるようなトリックだ。俺と鷲尾さんがひとまず納得したのを見て取って、芹はよどみなく仮説を続けていく。

「双子は黒ずくめの服を着ていたから、返り血を浴びていても目立たない。肌にかかった血は水屋で手早く流したんでしょう。そうして家老たちと子龍が帰っていくのを見送れば、子龍の兄弟は目撃されながら隠れおおせる。第一の詰室通しはこれで完了。桜木和馬が斬られた第三の詰室通しも、だいたい同じ方法で説明できる」

「また子龍の兄弟が先行して庵に潜んでいたのか。けど、桜木は尾瀬と違って庵に隠れた双子を見逃したりしないだろう……あ、いや」

言いかけて、気付く。二度目の鳥鳴庵では、藩主とその部下、桜木が屋内を点検したが、その場には子龍もいたのだ。芹は俺に皆まで言わせずにうなずいた。

「そう、前回と同じように、同時に二人ともが視界に入らないように立ち回れば、双子は一人にしか見えない。もちろん、足音やなにかでお互いの居場所が判るよう、二人だけに通じる合図を訓練する必要はあったでしょう」

「桜木が一人で調べる可能性もあったんじゃないか？」

「そのために藩主が立ち会うように願い出たんだよ。剣術好きが過ぎる藩主の性格は石龍斎から聞いていただろうから、ある程度は行動を誘導できたはず」

そういえば石龍斎の伝には「主君の気性を把握し常に的確に接した」とあった。

「石龍斎はこの、あまりにも単純なトリックを秘剣にまで高めるため、双子が生まれたことを隠して、子供の片方を城下から離れた場所で育てさせたんだと思う」

ここぞというタイミングで密室殺人を行う道具にするためだけに、我が子を遠く離れた場所で育てさせたっていうのか……控えめに言って狂気の沙汰だ。

俺が言葉を失っている間に、鷲尾さんが疑問を口にする。

「でも、尾瀬や桜木を斬った技は天割流の太刀筋だった。しかも、油断しきっていた尾瀬はともかく、不意打ちとはいえ子龍と同格以上の桜木和馬を斬っているんだ。それだけの技を、遠方で育てられた双子がどうやって学んだんだろう」

芹はそれにも答えを用意していた。

「師範代の小沼頼蔵がいます。後継者指名に異議があって道場を出たとされる彼が鍛え上げたとすれば、双子の兄弟が相当の剣客になっていたとしても不思議はありません」

石龍斎と喧嘩別れしたというのは偽りで、秘剣を完成させるために双子の指導を買って出たのか。小沼は戦場から石龍斎に付き従った盟友だ。離反したとするよりはその方がしっくりくる。

これまでのところ話の筋は通っているようだ。しかし、土台の子龍双子説にどれだけの信憑性があるのだろう。

「確かに、双子の存在を仮定すれば二つの密室は破れそうだ。でも、根拠は生まれた時に奥義を

使う資格が認められたことだけか？」

　芹は、要約のコピー、その中の文字列を指でなぞりながら答えてくる。

「まずは名前かな。長男が一郎太、次男が二郎太ときて、三男の幼名は三史郎。三郎《さぶろう》と四郎《しろう》を合わせたような音《おん》で、親として、離れ離れに育てる兄弟とのつながりを持たせたかったのかもしれない」

「まずは、ってことは、他にもあるのか？」

「石龍斎が故郷を追われたのは、弟が人を殺したからとあるけど、そのあとに言ったことが変だ。『さても一命拾うたからには、世に身を立てねば弟に顔向けならず』……故郷を追放された原因である弟に対して、まるで恩があるみたいでしょ」

「本当に人を殺したのは石龍斎で、弟が身代わりになった……」

「そう。家長が罪人になるよりはましだと弟が罪を被ったんだとすれば、言葉の意味も解る。そして、その経験が後に兄弟の誤認を使った『詰室通し』の発想と執念につながり、双子に生まれた子龍を天性の奥義相伝者と認めた……それなら、石龍斎父子に関する奇妙な記述に理屈が付く。もちろん、証拠はないけど」

　証拠はない……けど、伝記に散らばった複数の記述が圧になって双子の存在を凝固させる。この時点で俺は芹の説に傾きかけていたが、同時に大きな問題点にも気付いていた。

「……解った。第一と第三の密室殺人は双子の仕業としよう。証拠はないけど否定もできない」

　この場合、謎に説明が付けばいいんだからそれで十分だ。

「けど、二番目の離れ座敷で早田弥二郎が斬られた一件はどうなる？　このケースでは剣を振るう前も後も、藤川子龍は現場に入ってないんだ」

　ということはつまり、子龍の兄弟が屋内で透明人間を決め込む余地もない。

「いくら兄弟がいても、同じ手は使えないぞ」

「二件目は双子トリック以上に単純な方法で説明できる。早田弥二郎は自殺したと考えればいい」

　芹の言葉は相変わらず淡々として抑揚に乏しく、だから言ったことの意味を受け取り損ねた。まごつく俺をよそに、鷲尾さんが冷静に指摘する。

「自殺？　でも、自分で首を切ったなら凶器が残るんじゃないか？　離れ座敷の中には早田の刀、それも血に汚れていない奇麗なのがあったきりだ」

　芹もやはり動じない。

「自分の首を小刀かなにかで致命傷、かつ即死しない程度に切って、格子窓から池へ投げ捨てればいい話です」

「そんなに上手く、窓の隙間を狙って投げ捨てられるかな？」

「早田弥二郎は武者修行に出る前は藤川道場で学んでいました。天割流には手裏剣術もあったそうですから、早田ほどの武芸者なら瀕死の状態でもかなりの精度で投げ捨てられたでしょう」

　そう言われてしまうと単純極まりない。他の二件と同じ方法で殺されたという先入観があるからややこしく見えていただけだった。けれど、まだ問題は残る。

「動機はなんだ？　藤川子龍と敵対していた早田がどうしてインチキ奥義に付き合う？」

「あえて想定するなら御家大事《おいえだいじ》だよ。桜木和馬のせいで藩の政治は混乱していて、家臣団の間には慢性的な改易への不安感があった。だから早田は、桜木を排除して藤川家を再び藩主の掣肘役《せいちゆう》に戻すために命を使ったんだ。たぶん、藤川子龍からの提案に従って」

早田は譜代の家の生まれで、兄とは確執があったが結局国に留まった人物だ。生国への帰属意識は人一倍強かったのかもしれない。藤川子龍への敵意は、桜木たちをあざむくための芝居だったということか。

「鳥鳴庵とは大きく条件の違う彼の死が挟まったことで、秘剣の正体は迷彩された。深まる謎に焦った桜木を一発で引っ張り出せたのは出来過ぎと言っていいかもね。そうでなければ、犠牲者はもっと増えていたかもしれない」

「殿様への忠誠心のために自分の命を捨てたっていうのか？」

俺の感想に反応したのは鷲尾さんだった。

「殿様と言うより、藩や家の安泰のためだろうね。武士にとって御家は、雨露をしのぐ屋根のようなものだから」

「どっちにしろナンセンスですよ」

「それは未来人ハラスメントだなぁ。当時と今じゃ世界観が違う。戦乱から間もない時代だから命の価値は今よりずっと軽かった。そんな中で一族の血筋を残すために、個人の生き死により共同体の安泰を重視していたんだ。早田弥二郎は特に捨て鉢なところがあったみたいだしね」

「人間の繁殖力の低さと恒常的な戦争状態が組み合わさると、個人主義は進化論のメカニズムに淘汰される。そういう時代だったたってだけだよ」

芹は芹で相変わらず理屈でしか物を見ない。個人を切り捨てられない一族が滅ぶ時代があったというのは理解できるけど、俺はあくまで食い下がった。

「それにしたって、自分の子供を暗殺の道具として育てたり、自殺したりなんて……」

「もちろん、当時でも異様な行為だったってことには違いないと思う」

言いながらも、芹の声に非難する響きはない。

「だから秘剣は秘剣たりえたんだ。双子の二人一役に、殺人を装った自殺。やってること自体は子供だましのようにシンプルなのに、石龍斎の気の長すぎる仕込みのせいで誰も見抜けなかった――というのが、わたしの解釈だよ」

当たり前だ。いつ振るわれるか判らない一撃のために、生まれたばかりの我が子に一生を捧げさせるなんて見抜けてたまるか。

不意に、さっき芹の言っていたことの意味が腑に落ちた。「剣は人をして人を討つ為に初めて利を得る人殺人の道具なり。以て外に用無し。逆も復た然るべし」。藤川石龍斎の遺した言葉だそうだが、つまり「剣は人殺しにしか使えない道具であり、逆に言えば、人殺しの役にしか立たないものが剣である」という意味だったのだろう。

石龍斎は、双子に生まれたことを天啓として我が子を「剣」――人を斬るためだけの殺人器――に鍛造した。あるいは、若き早田弥二郎を御家のために自害をいとわないような人間に教育したのも彼なのかもしれない。

「石龍斎は、奥義を遺すという形で死後も『剣』を振るい続けた……たしかに犯人だ」

「藤川の不死駆け……」

俺のもらした言葉に、鷲尾さんが若き日の石龍斎の異名をつぶやいた。

「古代ペルシアの精鋭部隊は、兵士が死んでもすぐ補充されたことから不死の軍隊を意味する『アタナトイ』と呼ばれた。個人の命が失われても、一族や軍団が健在なら全体としては死なないって考え方だ。

石龍斎は、弟を犠牲にして存続させた藤川家を、我が子を殺人の道具に堕とすことで生き残らせた。早田弥二郎も自ら命を絶つことで主家の命脈を保った。藤川家の類縁に伝えられた『藤川道場実記』が現在《いま》ここにあるってことは、藤川は今も死んでいない。まさに不死身だ」

石龍斎の奥義、子龍兄弟の滅私、早田弥二郎の自殺。共同体を一個の生命と見る、ある種の不死思想が、密室殺人剣「詰室通し」を実現させたのか。

もし芹の仮説が真実なら、藤川石龍斎は剣と不死に魅入られた怪物としか思えない。怪物の剣だから、人間には受け止められなかったのだ。

その怪物性こそが、この事件の真のトリックなのだろう。

この奇怪な謎にひとまずの説明を付けた芹は、最後にもう一度、断りを入れた。

「当然、事の真相は知りようがありません。江戸時代ですから」

秘剣は、時の流れによって完成されていた。

「……よくもまぁ、ああいう発想が出てくるよな」

古本に囲まれた魔剣談義を終えて、俺は晴蛙堂店内の本棚をながめていた。種々様々な小説の背表紙を目で撫でているだけでもうっとりしてくる。タイトルは本文の全てのセンテンスを修飾する、指針の言葉だ。俺は今、数百冊の本を少しずつ読んでいる。

せっかく来てくれたんだからゆっくり見ていってよ、と鷲尾さんに勧められたのだ。なんなら好きなの何冊か持ってってていいよ、とも言われたが、それは遠慮しておいた。

その気前の良すぎる鷲尾さんはと言えば、会社から電話が入ったとかで廊下に出て話し込んでいる。今もシャッターの隙間から、プログラムの専門用語らしきものを乗せた話し声が聞こえてきていた。

だから、俺の話しかけた相手は芹だった。俺と同じく鷲尾さんに呼び止められて居残っている……のではなく、出前の代金を受け取り忘れていたために、鷲尾さんが戻ってくるのを待っている。あれだけ頭が回るのに妙なところが抜けている。

芹は、生物だか化学だかの本が並ぶ棚をぼんやりながめながら答えた。

「さっきも言ったけど、群体として一つの生命に奉仕するような生き方をした家が生き残った時代なんだよ。そう思うと、武士はクダクラゲみたいなものかもしれない」

俺が言ったのは石龍斎ではなく芹のことだったのだが、つい気になって訊いてしまった。

「……クダクラゲってなんだ?」

「多数の個体が集まって一体のクラゲを形成する刺胞動物」

説明されても、どんな生き物なのか全く想像できない。あとで調べよう。

「相変わらず変なこと知ってるな」

今度はちょっと、答えが返ってこなかった。いや、そもそも返事を求める言い方ではなかったのだが、ややあって芹はぽつりと言った。

「ここで買ってもらった本で覚えた」

その声音がいつもよりほんの少しだけ水気を帯びている気がして、俺は彼女の横顔を盗み見た。特に変わった様子はなく、呆《ほう》けたように棚を見ているだけだったが。

そんな無感動な顔を見ているだけで、なぜこんなに落ち着かなくなるのだろう。

沈黙に耐えかね、俺は話を変えた。

「この店、閉めちゃうかもしれないんだってな」

「そう」

「……それだけか？　思い入れありそうなのに」

芹は視線だけでこちらを見た。本棚に触れた指がコツンと鳴る。

「それは、不便にはなるけど、わたしが口を出すことじゃないから」

「鷲尾さんは継がないのかな？　今日も楽しそうだったし、向いてると思うけど」

同じことを二度言う意味がない、とでもいう風に芹は答えず、目を棚へ戻してしまった。

「なんでそんなに……ドライなんだよ」

「なるようになることを肯定してるだけだよ」

やはり芹はこちらを見ない。……だめだ。俺にはまだ、こいつを捕らえるだけの言葉がない。文学が足りていない。

それでも――と、吐き出す文句も用意せずに口を開きかけたところで、鷲尾さんが店へ戻ってきた。スマホをポケットにしまいながら苦笑いを浮かべている。

「ごめんごめん。お客さんがいるのに長電話しちゃって」

「会社の用事ですか？」

「トラブル対応で残業してる後輩に泣き付かれてね。僕が書いたコードじゃないんだけどなぁ」

愚痴の内容はよく解らないが、会社勤めというのも大変そうだ。俺の視線に気付いたか、鷲尾さんは笑顔を屈託のないものへ変えた。

「今日はありがとう、二人とも。お陰ですっきりしたよ」

「あれが真相かどうかは判りませんよ」

あくまで釘を刺す芹に、鷲尾さんは柔らかく息を抜いて彼女を見つめた。

「それも含めて、いろいろとね」

芹は、きょとんとまばたきした。

B

アッポーくんは三つ年上の友達だった。小学校の縦割り班活動で知り合った彼は、褐色の肌と精悍《せいかん》な容姿から早熟な女子たちに人気があった。しかし度を超して無愛想だったので下級生からは恐がられていた。

アッポーくんというあだ名の由来は、英語の特別授業でappleをアァッポゥと発音したからだと聞いた。とても正確な発音だったが、上手すぎてクラスメイトからは笑われてしまったという。

それでも彼は、アァッポゥと発音し続けた。

彼と話すようになったきっかけもappleだった。アップルって言うんじゃないの？　と、カタカナ英語丸出しで訊いたら、アッポーくんは「お父さんに習ったから間違いない」と、頑《かたく》なな顔で言った。お父さんは貿易会社で働いていて、時折外国の人を家に連れてくるのだそうだ。カッコいいね、と言ったら、アッポーくんはただのおじさんだよとはにかんだ。

それからアッポーくんと仲良くなった。家に来いよと誘われて、たびたび遊びに行った。彼の家は自転車に乗ってもくたびれるくらい遠かったけれど、自分の家と違ってピカピカに新しいデザイナーズ住宅で、宇宙船に乗っているみたいだった。窓の桟が黒茶色にコーティングされてるのなんて最高だ。

アッポーくんのお母さんに聞いた話だと、アッポーくんがつっけんどんなのはしゃべるのが恥ずかしいからだそうだ。彼は沖縄からの転校生で、標準語も問題なく使えたがふとした時になまりが出てしまう。それをコンプレックスに思っていたらしい。

そんなわけで近寄りがたい雰囲気を作っていたアッポーくんには友達が少なく、だからあんなに可愛がってくれたのだろう。

アッポーくんは家《うち》へも遊びに来たがったが、そのたびに適当な理由を付けて断った。家《うち》はアッポーくんの所と違って冴えないし――窓の桟はアルミ丸出しだし――、父親は平凡なサラリーマンで、しかもアッポーくんのお父さんよりだいぶ年上だったから。知ったらアッポーくんはきっとがっかりするだろう。そう思った。

アッポーくんは戦国武将が好きで、資料本のコレクションを見せながらいくらでも蘊蓄《うんちく》を語った。活字を読むのは苦手だったけれど、目を輝かせて誰が誰を殺しただのこいつは戦がヘタクソだの語るアッポーくんを見るのは好きだった。学校では孤高の人である彼が、自分にだけ素顔を見せてくれることが誇らしかった。

一方で彼は、こちらの趣味のカードゲームにも子供っぽいと言いながら付き合ってくれた。そして、二人で画用紙を切って作っていた戦国カードゲームの完成間際に亡くなった。

家族旅行中の事故、とだけ聞いた。全校集会で、他の生徒全員と同じだけのことを知らされたのだ。

知った直後は、存外に平気だった。まだ人の死をよく理解できていない年齢だったし、現実感がなかったからだろう。

しばらくしてあの家へ行ってみて誰もいなかった時、ようやく事のいくらかを理解した。事故からたった一月《ひとつき》で、家は死んでいた。カーテンが取り払われ、庭からリビングの丸見えになった家はあまりに無防備だった。内臓がむき出しだと生きていられないのは動物だけじゃないと、その時に知った。

たしかお父さんかお母さんのどちらかは無事だったと思うが、家族の記憶の濃い家に住んでいられなかったのか、事故のあと早々に引き払ったようだ。それほど失意に沈んでいたから、子供の友達にすぎなかった自分は葬儀にも呼ばれなかったのだろう。

家具のない部屋の中を暗くなるまでながめていたが、全くなにも変わらず全てが静止していた。窓枠に溜まったカビが白く膨らんで、蛾《が》の死体のようだった。

それっきり、アッポーくんとの接点は永遠に断たれた。彼に預けたまま行方不明になったカードゲームのルールばかりよく覚えている。

空き家を訪ねた直後、急に高熱を出して寝込んだ。ずっと目が回っていて記憶があいまいだが、看病してくれた母によれば、死んじゃうってなに？　と何度も訊いたのだという。あまりにも性急に繰り返すので呼吸がおかしくなって、それこそこのまま死んでしまうのではないかと母は本気で心配したそうだ。

「だいじょうぶだ。死んでもだいじょうぶだ」

そう辛抱強く諭したのは父だった。父は汗でぐっしょり濡れた息子の枕元に、買い込んできた偉人の伝記を何冊も並べて、

「ほら見ろ。この人たちはみんな死んだけど、世界中のたくさんの人が憶えている。だから死んでもだいじょうぶだ。怖がらなくてもいい」

そうか。アッポーくんの好きな戦国武将もみんな死んだけど、アッポーくんの頭の中では生きて躍動して勝ちどきを上げていた。ああ、アッポーくんも武将になったのかと、熱に浮かされた頭が納得をした。

いつの間にか眠っていた。次に起きた時もまだ熱はあったが、不安のままに死を問うことはしなかった。あとになってみると病気の子供に「死んでもだいじょうぶだ」はないだろうと呆れたが、その時は本と偉人に救われた。

それからよく本を読むようになった。最初は例の伝記や学校にあった本を読んだ。好きな漫画のモチーフになっていたアーサー王の伝説がお気に入りだった。

それらを読み尽くすと、父にせがんで本屋へ連れていってもらうようになった。近所にあったのが駅前の古本屋だけだったので、行くたびに百円ワゴンの文庫本を一冊ずつ買ってもらった。

ライトノベルから時代小説まで、面白そうなものはなんでも読んだ。

父はあまり感情を表に出さず、四角張った顔立ちのせいもあっていつも仏頂面でいるように見える人だった。しかし実際は別段厳しくもなかった。本屋に行く時は特に財布の紐が緩くなって、こんな風に訊いてきた。

「本は好きか」

うん、と答えると、そうか、役に立つからな、と軽く頭を叩かれた。


大学を出て今の会社に入った時には、父はサラリーマンを辞めて古本屋になっていた。

一人息子が就職して気が楽になったのだろう。精勤の賜物《たまもの》である貯金の結構な割り合いを使って雑居ビルに店を開き倉庫を借りた。父が読書家なのは知っていたが、そこまで本気だとは思っていなかったから青天の霹靂《へきれき》だった。

自分は自分で、なんとか新卒で入り込めた建材会社でやっていくのに必死で店のことにはほとんど関わらなかった。建材に興味はなかったが、つぶしの効かない文学部卒で他にやりたいこともなかったから、とにかく採ってくれる会社へ飛び込んだ形だった。

最初は企画部に採用されたが、それまで外注していたシステム部を自社で立ち上げることになり、そちらへ回された。専門知識もないのに会計システムの管理者の一人にされ、とんでもないことになったと蒼くなった。

それでも、なんとか大きな失敗をせずにここまで来られた。有能な先輩社員がみっちり指導してくれたお陰だ。今では自分が部署最古参の一人になり新人に頼られる立場になっている。しかし、プログラムを一行ミスすればデータ上の大金が吹き飛ぶ緊張感は、決して強くない神経を少しずつ、着実に、摩耗《まもう》させていった。

一方で父の古書店は赤字と黒字を行ったり来たりしながらどうにか続いていた。店舗は低調だが、ネット通販が軌道に乗ったことに救われたと聞いた。

「好きにやれていいよな……」

入社から五年。悠々自適に見える父へ愚痴をこぼした。仕事のいそがしさと重圧から、二年ほど付き合った彼女と別れたばかりでささくれ立っていた。対して父は相変わらず言葉少なにこう言った。

「そんなに辛いなら、辞めて他の仕事を探しゃいい」

ついカッとなって言葉が強くなった。

「そんな気楽に辞められないよ。部署の仕事を把握してるのはもう僕だけなんだ。ここで辞めたら上司にも後輩にも無理を押し付けることになる。父さんといっしょにしないでくれ」

すぐに後悔したが言い直す勇気も出なくて、また父も黙然として言い返してこなかった。それじゃ謝れないじゃないかと、むしろ重ねて父を責めた。

それ以来、顔を合わせてもなんとなく話しづらく、そのまま半年以上経って、父が突然に倒れて入院した。病院に駆け付けると、母は開口一番「ガンじゃないって」と言った。思いのほか淡白だったのは実感がなかったからだろう。実際にはそれなりに重い内臓の病気で、悪くすれば命に関わるものだったと、医師から丁寧な説明を受けた。

卒然、思い出されたのはアッポーくんだった。アーサー王は死んだあとリンゴの島で眠りに就き、復活の時を待っているという。アッポーくんはその時、忘却の島から復活して東の空に燦然《さんぜん》と輝くあの言葉を指し示した。

死んでもだいじょうぶだ。

そうして鷲尾敬一は、父が依頼されていた『藤川道場実記』の現代語訳を引き継いだ。


父の病室はカーテンで仕切られた四人部屋だった。平日の昼間に面会へ来た息子の顔を見て、父は目を丸くした。リハビリから帰ったばかりのようで少し疲れた顔をしている。

「なんだ、急に」

「報告だよ。『藤川道場実記』の内容、だいたい現代語訳できたから先方へ渡してきた」

父はちょっと、言葉の意味を取り損ねてぼんやりした顔になった。入院して一月《ひとつき》が経ち、咄嗟《とっさ》に世間の話へ戻れないようだ。だが、こちらが心配するほどにはボケていなかった。

「……ああ、藤川先生から買い取ったやつか。もうできたのか?」

「あんまり待たせても悪いしね」

「手間をかけたな。いそがしいのに……」

そんなに気のくじけた顔をしないでくれよと思いながら、敬一は思い出したふりをして続けた。

「そうそう、奥義の解釈も添えたら喜んでくれたよ」

「奥義?　なんの話だ?」

藤川子龍が起こした奇怪な殺人事件について語ってみせると、父はすっかり病気の陰を払った顔で聞き入った。『青蛙堂鬼談』から屋号を採ったぐらいだから、怪談奇談には目がないのだ。

「……隠された双子に自殺。どっちも探偵小説の代表的な禁じ手になるくらい単純なトリックだが、石龍斎の布石が遠大すぎて隠蔽《いんぺい》されたという解釈か」

聞き終えて出てきた感想は、謎解きをした少女に及んだ。

「そんな理外の理《り》を見つけてしまった喫茶店のお嬢さんは、やっぱり面白いセンスをしているな」

「ちょっと変わってるけど、それだけに独特の発想をする子だね」

敬一は吐息して、一拍置いて、それから告げた。

「会社を辞めることにしたよ」

父は、今度こそ呆《ほう》けたように絶句した。構わずに続ける。

「まだ辞表は出してないけど、上司に打診はしちゃったから、もう後戻りはしづらい」

「辞めて……辞めて、どうするんだ」

うめくような父の声に、比重の軽い苦笑いが漏れた。

「当面は晴蛙堂で使ってくれよ。父さんの体調じゃ、店は無理だろ」

父の病気は寛解しても以前のように働けるものではなかった。少なくとも、雑居ビルの店舗は閉めて通販専門にせざるをえないだろう。父がそれをよしとしないことは解っていた。

父はひとまずそこへは触れず、別のことを訊いてきた。

「……どうして急にそんな話になった？　辞められないって言ってたじゃないか」

「前から迷ってはいたんだけどね、るそう園のお嬢さんのお陰で踏ん切りが付いたんだ。自分の子供を主家を守るための道具にしたり、自分の命を捨てたりする武士たちの姿を想像したら、そういう気になった」

「会社の歯車にされる宮仕えに嫌気が差したか」

「逆だよ。歯車だからいいんだ。今までは、僕が辞めたら会社の深刻な打撃になって上司や後輩たちが困り果てるなんて思ってた。けど実際には、僕が抜けたって会社は死なない。引き継ぎマニュアルを作ってるし、後輩が育つまでは腕のいい派遣社員を雇えばいい。僕の代わりなんていくらでもいるんだ」

藤川石龍斎は個を殺して全体を生かしたが、逆に言えば個人が死んでも組織は死なない。敬一が辞めようが死のうが会社は揺るがないだろう。わずか一個の細胞が弾《はじ》けようと、新たな細胞が充塡《じゅうてん》されて会社という生命体は何事もなかったかのように機能し続ける。

「でも、あの小さな古本屋を引き受けるなんて物好きは僕の他にいないだろ」

父は顔をしかめた。病院暮らしで表情筋が強張っているのか、頬がぴくぴくと痙攣していた。

「そんなに甘いもんじゃない。新しい彼女にも愛想を尽かされるぞ」

「それは平気。書店員のワークショップへ顔を出した時に知り合った人だから」

「いつの間に……」

処置なしといった風に、父は額を押さえた。不思議と、来た時よりずっと活力のある仕草に見えた。

「お前、本当にいいのか？　この稼業、先行きは明るくないぞ」

笑いが込み上げてきた。顔なじみの占い師と同じことを言うからだ。

「そうだね。麻子《あさこ》さんにも、本屋なんてもう流行《はや》らないって言われたよ」

「駄目じゃないか」

「当たらぬも八卦《はっけ》だ」

「……馬鹿野郎」

父は、吐き捨てるように笑った。

第四話　パック寿司とハムレット　――Amphibian

A

じぃ、じッ……と、小さな子供の視線には独特の圧がある。

まだ小学校にも上がっていないような年頃の男の子だ。半袖のシャツにデニムの短パン姿で、いかにも活発そうに見える。そんな子供が、カウンター席に座る俺のすぐ隣に立って見上げてきている。

せっかくの日曜日、朝からコーヒーを楽しんでいるというのに、視線が気になって味がよく解らない。コーヒーといっしょに味わおうと持ってきた『ハムレット』の文庫本も閉じたままだ。

「悠大《ゆうだい》くん、椅子に座って待っていようか」

俺の窮状に気付いて少年に声をかけてくれたのは、この喫茶軽食の店・るそう園のマスターである三津橋《みつはし》さんだった。相変わらずの穏やかな笑顔だ。

悠大くんと呼ばれた子供は声もなくうなずいた。テーブル席に置かれた子供用の椅子へよじ登るようにして座る。

俺が目顔で問いかけると、マスターは申し訳なさそうに小さく頭を下げた。

「すみません。彼はこのビルの管理をしている女性のお子さんなんですが、そのお母さんが今、四階の空《あ》きテナントの定期点検に立ち会っていまして」

四階というと、探偵事務所のあるフロアか。このビルは一階以外は一つの階に二つのテナントが入れる。

「その間、ここで預かってるわけですか」

「ええ、この時間ならまだ店も空《す》いているので引き受けました。歳のわりにおとなしい子なんですが、やっぱり座りっ放しは落ち着かないようです」

「仕方ないですよ」

俺だって、あの子くらいの時は三分もじっとしてられなかった。幸いなことに、俺の他に客は二人しかいないし一人は常連だ。気にしている様子はない。

とはいえ放っておくわけにもいかないだろう。マスターはキッチンへ声をかけた。

「芹《せり》、ちょっと悠大くんを見ていてくれ」

声に応えて無地のエプロンを着けた少女が顔を出す。店の手伝いをしているマスターの娘の三津橋芹だ。

俺がこの喫茶店を訪れるようになって二月《ふたつき》ほど。およそ客商売には似つかわしくない芹の無表情も見慣れてきた。しかし今日の彼女は、いつにも増して物憂げに見える。少しためらうように間《ま》を取って、悠大くんを見て、それからマスターを見上げて言った。

「わたしが店番じゃだめ？」

「そういうわけにもいかないよ」

芹は子供の相手をするのに気が進まないようだ。渋々というように、少年の対面へ回った。彼女がここまで感情を表に出すのも珍しい。

新鮮な心地でながめていると、すれ違い様ににらまれた。相変わらず表情が薄いから、気のせいかもしれないが。

「こんにちは」

「こんにちは」

どうやら二人は初対面ではないようだ。俺のことは黙って見ているだけだった悠大くんも、芹には鈴を転がすような声であいさつしている。

それから彼は、小さなバッグから本を取り出した。子供向けの昆虫図鑑だ。

「ほん、もってきた」

「うん」

言わずもがなのことを言いながら図鑑を広げる悠大くんへ律儀にうなずくと、芹は請《こ》われるままに写真やイラストに付された文章を読んでやった。小学生以下が読むことを想定した本のようだが、俺の知らない豆知識なんかもあってなかなか面白い。

芹も表情こそ変わらないが興が乗ってきたらしく、擬態《ぎたい》――「ムシはかくれんぼの名人！」みたいなページ――の説明で、オオシモなんとかいう蛾《が》の工業暗化について語り出した。環境汚染で木が黒ずんだせいで体の保護色が変化した蛾の話なんて、小さな子供には解らないだろう……と思ったのだが、悠大くんは興味深そうな顔をしてふんふんとうなずいている。

「虫は簡単に死ぬけど、生き残ればたくさん子供を産むから、環境……周りの都合に合わせてどんどん性質が変わる。卵を残せた蛾の特徴だけがあとに残るってこと。これを進化と呼ぶの」

「シンカ……」

「行き当たりばったりとも言う。およそ全てのものは行き当たりばったりと思っておけば間違いないよ」

いつもながら芹の物言いは身も蓋もない。正鵠《せいこく》を射ているのか適当に言っているだけなのか微妙な話だったが、悠大くんは熱心に聞き入っていた。

と、そんな彼が不意にそわそわと落ち着かなくなり、椅子から降りると、なぜか俺のところへ歩いてきた。どうした、と目で訊くと、悠大くんは蚊《か》の鳴くような声を出した。

「おしっこなんですけど……」

偉いな、敬語使えるんだ。などと感心している場合ではない。俺はやはり小声でトイレの場所を教え、一人で行けるか確認した。悠大くんは無言でうなずいて小走りにそちらへ向かう。平らな場所なのに急な坂を駆け下りるように危なっかしい、幼児特有の足運びだ。

悠大くんの姿が見えなくなってから、芹が訊いてくる。

「トイレ?」

「ああ」

「なんでわたしに言わないの」

「それはだって」

恥ずかしいからに決まっている。こんな朴念仁《ぼくねんじん》でも、悠大くんにとっては「女の人」なのだ。

それを指摘していいものかどうか迷っているうちに、

「あんたは頭がいいのに察しの悪いところがあるね」

あっさり口にした人がいる。芹たちとは別のテーブル席に座っている常連客で、占い師のアザゼル麻子《あさこ》さんだ。夜はアルコールを飲んでいることが多いが、今は朝刊をながめながらコーヒーとトーストを口へ運んでいる。

芹は麻子さんに目をやって、図鑑へ戻してからつぶやく。

「子供は苦手です」

「あの子はあんたに懐《なつ》いてるみたいだけどね」

「わたしが苦手なんです」

「好意は素直に受け取れよ」

思わず口を挟む俺に、芹はこちらを見もせずに返した。

「なにをもらったら困るって、市町村のゴミ分別表に載ってないものが一番困る」

「なんで捨てる前提なんだよ……」

「どんな貴重品でも、いつかは捨てるものでしょ」

それは、そうだろうけど……なんだかな。

そうこうしている間に悠大くんが戻ってきて、その話は中断した。というか、それどころではなくなった。トイレから帰った悠大くんが、目に涙を溜めてぐずぐず鼻を鳴らしていたからだ。

まず最初に思ったのは、漏らしちゃったか、ということだったが全然違った。トイレに一人でいる間に、悲しいことを思い出して泣いてしまったのだという。そんなことで、とも思ったが、この年頃だと記憶と現実の区別が付かなくて混乱することもあるのだろう。

あわててカウンターから出てきたマスターが、鼻水を拭いてやりながら話を聞き出した。それによると、彼のお母さんが最近ずっと元気がないのだそうだ。体調不良なのか、それとも精神的なものなのかは判らないが、ともかく悠大くんは、そのことでずいぶんと心に不安を溜め込んでいた。一昨日、幼稚園の迎えに大遅刻して心細い思いをしたのが応えているようだ。

話すだけ話して胸のつかえが取れたのか、悠大くんはしばらく虚脱していたが、マスターがケーキを出すと夢中で突っつき始めた。ショートケーキが好物らしい。

三津橋芹は、そんな少年の姿をいつも通りの目で見つめていた。なにを考えているのか解らない、感情の透明な目だ。

悠大くんのお母さんは羽仁都《はにみやこ》さんといって、このビルのオーナーの縁戚に当たる人らしい。近所に住んでいる関係で、ビルの契約や維持管理の窓口になっているそうだ。

三十代前半くらいで、笑顔の似合う、いかにも明るい印象の女性だった。普段着姿ではあるが身に付けたアクセサリはどれも洗練された感じで品がある。ふっくらと丸みを帯びた頬の線が、そこはかとない母性を感じさせた。

「いつもありがとうございます。悠大の面倒を見てもらっちゃって」

あれから間もなく喫茶店に現れ、マスターに子供の面倒を見てくれた感謝を伝えた。マスターの恐縮した様子から察するに、手土産でも渡しているようだ。

「それで、その……悠大はおとなしくしてました？」

小首を傾げて尋ねる姿は一転してどこか弱々しく、答えを予期しているようにも見えた。

マスターは悠大くんが泣き出したことを報告した。当の彼はカウンターから離れたソファ席に移って、芹を相手に通信教育のひらがなの書き取り教材に挑んでいる。こちらの会話はほとんど聞こえないだろう。

「悠大がそんなことを……」

話を聞き終えた羽仁さんは、思い詰めたように眉をひそめた。その表情を見るに、悠大くんの心配もあながち杞憂ではなさそうだ――と、カウンターの隅で気配を消しながら俺は思った。

「すみません、御迷惑を……」

「いいえ。羽仁さんにはお世話になっていますし、大事なのは悠大くんの気持ちですから」

ゆったりと深みのある声で言いながら、マスターは羽仁さんへ一杯のコーヒーを差し出した。ミルクたっぷりのカフェオレだ。言葉も振る舞いも一歩間違えると白々しくなりそうなそれなのに、マスターはその一歩を誤らなかった。

「ありがとうございます……」

羽仁さんは遠慮がちにカフェオレのカップへ指をかけ、しかし持ち上げることなく力ない息をこぼす。マスターは急がず、静かに告げた。

「差し支えなければ、お話をうかがいますよ」

「いえ、大したことじゃないんです……」

「それならなおさら言ってしまえばいい。吐き気は吐いて治すもんだ」

と、乱暴なことを言い出したのは麻子さんだ。占い師の言葉に、羽仁さんは微かに笑ったようだった。

「麻子さんは相変わらずですね……ええ、はい。それじゃあ、つまらない話ですが聞いてもらえますか」

そうして羽仁さんは、ここしばらく頭を悩ませているという「問題」を語り始めた——

——きっかけは、悠大が迷子になったことでした。

あれは冬の終わり頃でしょうか。その日はちょっと凝《こ》った夕食を作りたくなって、悠大を連れて郊外の大きなスーパーへ出かけました。食料品のフロアがとても広くて、専門店向けの輸入食材なんかも豊富に仕入れているお店です。

普段はマンションの近くにある小さなスーパーにしか連れていかないものですから、悠大も物珍しさにはしゃいでしまって。わたしが精肉売り場で羊肉のパックを一つ一つためつすがめつしているうちに、いつの間にか姿が見えなくなっていました。

悠大は少しばかり甘えん坊な子で、わたしにまとわり付いているのが当たり前のようなところがありますから、いないのに気付いた時は、道を歩いていて突然マンホールへ落ちたような悪寒を感じました。

あわてて見回しましたがどこにもいなくて、すっかりうろたえているところに声をかけられました。すぐ近くで売り場を見ていた人が気付いてくれたんです。わたしとそう変わらない年頃の、細面の女性です。

「あ……どうかしました？」

「あなたは——」

見覚えのある顔でした。ゴミ出しの時なんかにエレベータでよく乗り合わせる、マンションの一つ下の階に住んでいる人です。いっしょにいた夫が「奇麗な人だな」と、ぽつりと言ったのを覚えています。

顔見知りの気安さでつい頼ってしまって、息子を見失ったことを言うと彼女はいっしょに探してくれました。そして、売り場をぐるぐる歩き回っていた悠大を見つけてくれたのも彼女でした。思わず抱き締めた悠大の体の小ささに、耳の中で鼓動の音がしばらく止まりませんでした。

わたしは女性を喫茶店へ誘って、改めてお礼を言って少しばかりおしゃべりをしました。

彼女は川村夏美《かわむらなつみ》さんといって、機械部品の会社に勤めてらっしゃるということです。なんでも日系の中国人の方だそうですが、日本語が流暢《りゅうちょう》なので特にそんな感じはしません。

「日本に来て、もう十年近いですから」

御両親が日本に移住するのに付いていきて、夏美さん自身はすぐ帰るつもりだったのが、お父さんの知り合いから今の会社を紹介されて、ずるずると居着いてしまった。人生なんて成り行きですね、と、あっけらかんと話してくれました。

そのさばさばした人柄に、わたしはあっと言う間に夏美さんが好きになりました。歳は近いのにわたしよりはるかにいろいろな経験をしていて、まるで別の世界で生きているような女性です。そのわりに、砂糖たっぷりの紅茶を飲む姿には子供のようなあどけなさもありました。

その日はそれで別れたんですが、以来マンションや近所で顔を合わせるたびに言葉を交わすようになりました。わたしは結婚してこちらへ越してきてから子育てにかかりきりで友達も少なく、打ち解けて話せる相手ができたのがうれしかったんです。それに、夏美さんの話はなにもかも新鮮でした。

夏美さんのお父さんは中国人で、お母さんは日本人。お父さんが日本へ留学した時に知り合って、大恋愛の末に国へ帰って結婚したのだそうです。

同居していたお祖父《じい》さんは信心深く謹厳な人で、現代人然としたお父さんとは折り合いが良くなかったようです。夏美さんはともかくお母さんはなにかと居心地が悪かったみたいで、日本へ渡ってきたのもそれが少なからず関係しているような口振りでした。

「表立って仲が悪かったわけじゃないんですけど、世代だとか考え方だとか、明確な断層のある家でしたね。祖父は良く言えば高潔、悪く言えば頑固な人で、祖先から受け継いだ土地に骨を埋める覚悟をしていました。父は反対に、思想の問題で国外へ出たがっていたんです。結局、祖父たちを残してこちらへ来てしまいました」

夏美さんは古風で生真面目なお祖父さんのことも、柔軟で優しいお父さんのことも両方尊敬しているようです。だからこそ板挟みになって、故郷での家庭生活はあまり良い思い出ではなさそうでした。お母さんがお祖父さんやお祖母《ばあ》さんの機嫌を損ねないよう、目に見えて神経をすり減らすのが見ていて辛かったとも言っていました。

「それでも家族のつながりは強かったと思います。朝夕の食事は必ず一家みんなで集まって、同じ皿から取り分けて食べてましたし。わたしは祖父母が好きだったから、家の中ではできるだけ二人の習慣に合わせるようにしていました。それが二人とのつながりのような気がして」

そう語る夏美さんの目は、いろいろな意味で遠くなった故郷を望むように細められていました。

「祖父も祖母もまだ元気なうちに会いに行きたいとは思ってるんですけどね。仕事がいそがしくて……もう慣れましたけど、日本人は働き過ぎですよ」

今は一人暮らしをしている彼女も、誰かに自分のことを話したかったのかもしれません。わたしは彼女が子供の頃の話を聞くのが特に好きでした。生まれ育った街の乾いた匂い、走り回る子供の影が壁に入り乱れて万華鏡のようだった路地……。

一方彼女からは、結婚生活や夫のことについて訊かれました。夏美さんは独身で、交際している男性はいるものの、なにか踏ん切りが付かなくて次の段階に進めないでいるようです。わたしは、家事のこととか、経済的なこととか、訊かれるままに答えましたが、夏美さんはあまり手応えを感じていなかったように見えました。


そんな風に踏み込んだ話をする間柄になってからしばらくして、わたしは彼女を夕食に招きました。わたしは料理が趣味で、人に振る舞うのが好きなので、彼女に手料理を食べてもらう機会を虎視眈々《こしたんたん》と——なんて言うと変ですけど——うかがっていたんです。友人として夫に紹介したい気持ちもありました。

ところが夏美さんは、食事の誘いだけはどうしても受けてくれません。

最初はわたしの得意料理のシチューを作りました。それで、いかがですかと夏美さんを誘ったんですが、外せない用事があると言って断られました。

でも、その日の彼女を招待した時間、街でウインドウショッピングをしている夏美さんの姿を夫が見ているんです。

もしかしてシチューが嫌いだったのかと、今度は回鍋肉《ホイコーロー》を作ることにしました。中華料理なら彼女の口に合うかもしれないと考えたんです。今度は事前に予定を訊いてみましたが、これも断られてしまいました。当面、仕事がいそがしくて時間が取れないということでした。

もしかしてわたしは嫌われているのでしょうか？　ちょっと仲良くなったからといって馴れ馴れしい人だ、とか。

——あと一回、食事へ招いて断られたらあきらめよう。図々しい隣人にはなりたくない。

そう思い定めた矢先、わたしは彼女の好物を知りました。意外と言うべきか、お寿司です。

ある夜、買い忘れた物があって近所のスーパーへ行った時、夏美さんがパックのお寿司を買っているのを見かけました。わたしと目が合うと、夏美さんは少し恥ずかしそうに会釈を返してくれました。半額シールの付いたお寿司を手に取っているのを見られて、きまりが悪かったのかもしれません。

夏美さんとパック寿司の取り合わせはなんだか不思議な感じでしたけど、その時は気にしませんでした。ところが、そのあとも夏美さんがお寿司を買っているのを夫が何度も見かけたのです。

夫には会社帰りに買い物を頼むことも多いのですが、夏美さんも同じように帰宅前に買っているようでした。にぎりばかりの、少し高めのパックを買うことが多いようです。

中国の人がお寿司好きというのはあまり聞きませんが、考えてみれば夏美さんは日本での暮らしが長いんです。こちらの食文化に慣れていても不思議はありません。

先週、わたしは今度こそ、と念じながら夏美さんを食事へ招きました。さすがにお寿司を握る自信はなかったので「通販で買った良いお刺身が届くから、都合のいい日に夕食を御一緒にどうですか」って。夫が出張でしばらく帰らないから、その点でも気楽にどうぞと言い添えました。

そうしたら夏美さんは、ぱっと顔を輝かせて招待に応じてくれたんです。

「だったら、美味しいお醬油《しょうゆ》があるから持っていきますね」

その夕べは、とても楽しい時間を過ごしました。夏美さんは最初、何度も食事を断ったことを気にしていたようで肩を縮めるような感じでしたが、いっしょに食器を並べたりしているうちに力も抜けて、いつもの悠々とした彼女へ戻ってくれました。

「実はわたし、肉が食べられなくて……」

だからシチューや回鍋肉は断られたのか。そう納得するのと同時に、少し引っかかることがありました。でもその時は、ようやく夏美さんを食事に招くことができた喜びの方が大きかったんです。

悠大はまだ箸《はし》を上手く使えなくて、普段は和食でもフォークを使っているんですが、夏美さんの前では一生懸命に箸へ挑戦していました。

そんな風に和気藹々《あいあい》と進んでいた食事が中断したのは、出張中だった夫が予定より早く帰ってきた時でした。帰りは翌日の深夜になるはずが、先方の急な都合で接待がお流れになったとかで一日早く帰ってきたんです。食事会の用意に没頭してメールを見逃していました。

予定と違う成り行きに遠慮して帰ろうとする夏美さんを、わたしはあわてて引き留めました。夏美さんが来ていることを知らなかった夫も、僕のことは気にしないでくださいと笑っていました。

夏美さんは少し戸惑ったようですが、それでも笑顔を返してくれた……そう思ったんですが。

それから間もなくして帰ってしまったんです。その時の様子がおかしくて、それが気になって……悠大にも心配をかけてしまいました。物思いに耽《ふけ》って幼稚園へ迎えに行く時間を忘れてしまったり……。

夏美さんの帰った時のことをもっと詳しく、ですか？　そうですね。食事を再開しようとしたところで、夫が保冷バッグからお土産《みやげ》を取り出しました。

「そうだ。よければこれ、持ってってください」

出てきたのは蟹《かに》の足と、イクラの醬油漬けです。港町への出張だと聞いて、時間があれば市場でなにか買ってきてほしいと頼んでいたのを思い出しました。

ところが、お土産を分けようとしたところで、夏美さんが急に席を立ってしまったんです。お土産とわたしたちの顔を見比べて、なにか食道より太い物を呑み込んでしまったような、息苦しそうな顔をしていました。

「ごめんなさい。仕事の電話がかかってくるのを忘れてました」

そう言われてしまうと引き留めるわけにもいきません。玄関で見送ったあと、やっぱり遠慮させちゃったかなと夫はばつの悪い顔をしていました。


——羽仁さんは、そこで一度話を切った。自分の意思で止めたというより、喉に言葉を詰まらせたという風だった。

「今の話を聞く限り、その川村夏美さんが羽仁さんを嫌っているという印象は受けませんでしたが」

マスターの言葉は答えを促すのではなく、気詰まりな沈黙が落ちるのを避けるものに聞こえた。

羽仁さんはうなずいた。

「ええ。それは、そうなんだと思います。ただ、彼女の帰ったタイミングがどうしても気になってしまって」

「タイミング、ですか？」

「夫が帰ってきた途端でしたから」

「予定外の御帰宅に遠慮なさったのではないでしょうか？」

「わたしもそう思ったんですけど……あとになって考えると、あの時の夏美さんの様子は不自然だったんです。急に声を固くして、逃げ出すような感じでした。そのせいか夫のあの気まずそうな態度も引っかかってきて……」

羽仁さんの言葉に、マスターは黙ってしまった。会話の流れから、羽仁さんがなにに悩んでいるのかを察したが、それを自分から言い明かしていいのか迷っているようだった。

こういう時に遠慮がないのが海千山千の麻子さんだ。

「要するに、川村夏美とあんたの宿六《やどろく》との間に、なにか関係があるんじゃないかと疑ってるんだね」

羽仁さんはあいまいに息を抜いただけで答えない。つまりそれが返事なのだろう。しかし。

「それはちょっと、話が飛躍しているのではないでしょうか」

俺もマスターに同感だ。「夫が帰ってきた途端に」「川村さんが逃げるように去った」。この二点が前後関係にあるのは間違いないが、因果関係であるとは限らない。けれど羽仁さんは力なく頭《かぶり》を振った。

「でも、そう思ってみると、夏美さんがあんなに結婚生活や夫について訊いてきた理由も解る気がして……彼女が結婚に踏み切れないのは、相手が既婚者だからかもしれないでしょう？」

「そうとは限らないと思いますが……」

「気になることは他にもあります。夏美さんと最初に話したスーパーで、彼女はわたしが張り付いていた精肉の売り場にいました。通りかかったという感じじゃなくて、足を止めて売り場を見てたんです。彼女は、肉を食べられないはずなのに」

「というと……偶然に出会ったのではなく、川村さんは羽仁さんに接触する機会をうかがっていたとお考えなんですか？」

驚いて聞き返すマスターに、羽仁さんはカップの取っ手に絡めた指を震わせながらうなずいた。

「そうでなければ、肉を食べられないというのが嘘で、夫がいない時を狙って家へ上がり込んだことへの言い訳として言ったのか。

どちらにしても、夫との関係に悩んだ夏美さんが、家《うち》の事情を探るためにわたしへ近付いてきたのだとしたら、あの出会いの日からのことや、夫の顔を見た途端に帰ってしまったことにも説明が付きます」

「それで、しばらく塞ぎ込まれてたんですね」

マスターはあえて否定せずに、思慮深げに腕を組んだ。

「女性に淡白な夫が『奇麗な人』なんて口走っていたのも、兆《きざ》しだったんじゃないかって。これまで気にしてなかった、夫が仕事や友達付き合いで週末に出かけるのまで疑わしく思えてきたんです。最近では、なんとなく夫とぎこちなくなってしまって……悠大はそれに気付いたのかもしれません」

　考えすぎ、だと思う。なぜ羽仁さんはこれほど疑心暗鬼に捕らわれているのだろう。俺にはむしろその方が不思議だった。

　だが、たしかに不審な点もある。なぜ羽仁さんの旦那さんが帰ってきた途端に席を立ったのか。なぜお茶の誘いは受けても食事の招待には応じなかったのか。それに、出会いの状況とちぐはぐな、肉を食べられないという件……。

　逆に言えば、その辺に納得の行く説明ができれば疑いは晴れる気がする。羽仁さんはもちろん、悠大くんのためにも真相を突き止めたいところだが、そうそういい考えも浮かばない。

　こういう謎解きが得意なのは芹なのだが、今は悠大くんの面倒を見ている——と、そちらの方に目をやると、その芹が立ち上がってこちらへ歩いてくるところだった。

「寝ちゃった」

　こちらが訊く前に端的な答えが返ってくる。悠大くんはソファ席に横たわって静かに寝息を立てていた。自分のバッグを枕代わりにしている。

「ごめんね。お世話かけちゃって」

「いえ」

　あわてて席を立つ羽仁さんと会釈を交わす芹。羽仁さんは、芹のピン留めされたような視線にちょっとたじろいだようだった。慣れないうちは、なにかやましいところを見透かされているようで落ち着かない眼だ。

　そんな三津橋芹が、羽仁さんと入れ替わりにカウンターへ戻ってくる。席には座らずにマスターへ物問いたげな視線を向けたが、マスターは小さく首を振って背を向けた。

そのやり取りの意味はよく判らなかったが——マスターは客の生臭いような話に娘を巻き込みたくないのかもしれない——、俺は我慢できなくなって口を開いた。

「羽仁さんだけど、なんだか妙な話で——」

それまで路傍《ろぼう》の石に徹して聞き取った話を芹へ聞かせる。芹は聞いているのかいないのか判らないような顔をしていたが、俺の話を止めることはなかったし、何度か聞き返して確認もした。

羽仁さんと川村さんが出会ったスーパーの品揃えだとか、パック寿司の内容だとかだ。大型スーパーについては麻子さんが知っていたので——よく使うディスカウント店が入っているのだそうだ——詳しく聞けた。

そうして俺たちが整理した話を聞き終えた芹は、まずマスターへ声をかけた。

「スマホ貸して」

マスターはなにか言いたそうに芹を見たが、結局スマートフォンのロックを解除して娘へ渡した。芹は数分ほどなにか調べ物をして、それからスマホを返した。

「……なにか判ったのか？」

「辻褄は合う」

俺には短く答えて、芹は羽仁さんの方へ目をやった。羽仁さんは悠大くんが起きそうにないので困っているようだ。とりあえず自分の上着をかけてやっている。

その姿を見る芹の目が、いつもとはちょっとだけ違う気がした。微かに細められて、母子のさらに向こう側へピントが合っているような……。

しかし羽仁さんへ放られた芹の声は、普段通りに平板なものだった。

「少し、いいですか？」

寝入ってしまっている悠大くんはそのままにして、羽仁さんはカウンター席へ戻ってきた。カウンターの向こうへ回った芹の顔を、きょとんとして見ている。喫茶店の娘がなんの話を始めるのか、見当が付かないのだろう。

そして芹の第一声は、唐突な宣言だった。

「川村さんという人はたぶん、お祖父さんやお祖母さんとの縁を大切にしているだけだと思います」

当然だが羽仁さんは呆気《あっけ》にとられている。それじゃ解らないだろ、と、口を挟んだ。

「なんでお祖父さんたちを大切にしてると、肉を食べられないなんて嘘をついたり、羽仁さんの旦那さんが現れた途端に帰ったりするんだ？」

自分では司会進行のつもりだったのだが、羽仁さんには怪訝《けげん》な顔で見られてしまった。初対面の俺が会話に入ってきて面食らっているのだろう。出しゃばったかと後悔したが、釈明する前に芹が話を進めてしまう。

「川村さんのお祖父さんたちがムスリムだと仮定すると、だいたい辻褄が合う」

説明を求めたのに、返ってきたのはさらに出し抜けな単語だった。目を白黒させて聞き返したのは羽仁さんだ。

「ムスリムって……イスラム教の信者のことだよね？　川村さんのお祖父さんは中国人だよ？」

「中国にもイスラム教徒はたくさんいますよ」

芹の視線を受けて、マスターがうなずく。

「回族《ホウウイ》と言って、イスラム教を信仰する少数民族が中国全土に住んでいます。少数といっても一千万人ほどもいますし、もちろん、彼ら以外にもイスラム教を信仰している人は大勢います」

「そうなんですか。でも、川村さんはイスラム教の女性のように……あの、スカーフみたいなのを頭に巻いたりしてませんよ？」

「本人はムスリムではないのかもしれませんね。それか、形式上のムスリムか。日本人が形の上ではほとんど仏教徒みたいなものです」

あっさりと告げるマスターに、羽仁さんは余計に困惑したようだ。

「そんなふわふわした感じなんですか？　イスラム教ってもっと厳しいのかと思ってました。決まった時間に礼拝したり……」

「そこは地域や家庭、あるいは個人ごとにそれぞれだと思います。いわゆるイスラム諸国では経典《コーラン》がすなわち法律ですから厳格になるでしょうが、そうでなければ信仰の在り方には大きく幅が出てきます。川村さんのお父さんは伝統や家を継ぐことにあまりこだわらないタイプのようですし、娘さんを自由に育てたのかもしれません」

羽仁さんは、はぁ……と解ったような解らないような息を吐《つ》いて、それから一向に要領を得ない原因に思い当たった。

「そもそもどうして、川村さんがムスリムだという話になったんでしょう？」

「食事です」

これには芹が答えて、話を引き戻した。

「川村さんが断った誘いはシチューと回鍋肉でしたね？」

うなずきかけて、羽仁さんは途中で気付いた。

「……あっ、そうか。ムスリムの人は豚肉を食べられないから」

これは俺も聞いたことがある。イスラム教の戒律で豚を食べるのはタブーとされているはずだ。

「でも、シチューには豚じゃなくて鶏肉を使ったし、それも伝えたんだけど」

「肉を使わなければいいということじゃなく、豚由来の食材が使われているだけで駄目なんです。シチューも、市販のルウにはラードが使われている可能性が高いですから、用心して食べるのを避けると聞いたことがあります」

娘を補足するようにマスターが言い足す。

「それ以外の動物も、決まった処理をしなければ食べてはいけません。鶏肉もです。この処理をした肉をハラル肉などと呼びますが、残念ながら、小さなスーパーではあまり見かけませんね。しかし魚なら食べられます」

「なるほど……だからパック寿司を買ったり、お刺身なら食べられると招待に応じてくれたりしたんですね」

「大きなスーパーの精肉売り場で出会ったのは本当に偶然だったんだと思います。食材の充実したスーパーなら、ハラル食品も扱っているでしょうから」

これは芹だ。こういう発想ができるのは、さすが飲食店の娘といったところだろうか。そうなると次の問題は……と、俺が想像した疑問を、羽仁さんが口に出す。

「それじゃ、夫が帰ってきた途端に帰ってしまったのはどうして？　あ、夏美さんは、街を歩いていても特に男性を避けてる感じじゃなかったよ」

ムスリムの女性は本来、家族以外の異性に肌をさらさないくらい身を慎しむが、川村さんにはそういう素振《そぶ》りがなかったということだろう。芹はその答えも用意していた。

「疑わしいのは男性ではなく、蟹と、イクラの醬油漬けです。上手く断る理由が思い付かなくて逃げてしまったんでしょう」

「でも、魚は食べていいって……」

「蟹は『陸でも水中でも生きられる生き物』を食べてはいけないという戒律に引っかかる場合があります。同じく食べるのを禁じられている虫と解釈したのかもしれません。普通に食べるムスリムが多いようですが、川村さんの生家では避けていた可能性はあります」

「イクラは？」

「それは単純に、醬油漬けのような加工品の場合はみりんや、保存料としてアルコールを使ってる場合があるからです。どちらもアルコールには違いありませんから、飲酒を禁じられているムスリムは避けます。だから川村さんは、アルコールの入っていない醬油を持ち込んだんでしょう」

そこまで厳密なものなのか……と驚いている俺の横で、麻子さんが呑気な声を出した。

「あたしが若い頃アパートの隣に住んでたパキスタン人は、昼間っから酒かっくらってたけどね」

自分こそ仕事上がりには喫茶店で酔っ払ってるくせに、と思ったがもちろん口にはしない。勝手に戒律違反を暴露されたパキスタン人にはマスターがフォローを入れた。

「そのあたりの基準は個人個人で変わるんだと思います。川村さんのお祖父様は厳格な方のようですから、飲酒の習慣はなかったのではないでしょうか」

　ここまでの話で、羽仁さんはだいぶ納得しかかっているようだった。その証拠に、残った疑問の一つには自分で答えを出した。

「夏美さんが食事の戒律を守っているのは……きっと、それがお祖父さんやお祖母さんとのつながりだからなんでしょうね」

　川村さんは毎食の皿を祖父母と同じくしていた。食事に関しては子供の頃からずっと敬虔《けいけん》なムスリムに準じてきたのだ。

　両親と同じくらい慕う祖父母を残して異国で暮らす気持ちを、俺は想像することしかできない。けれど、羽仁さんの語る川村夏美さんは、父の方針通り自由に生きているからこそ、家の中では祖父母との生活を大切にしていた。今も食事の慣習を祖父母や故郷との縁《よすが》にしている可能性はあるように思えた。

「もちろん、確証はありませんけど」

　芹は慎重に前置きしてから続ける。

「この考えでもう一つ説明が付くのは、川村さんが結婚をためらってる理由です。ムスリムの女性はムスリムの男性としか結婚できません。たぶん、川村さんが付き合っている相手はムスリムではないんでしょう」

「男はイスラム教徒でない女性とも結婚できるのか？」

　思わず割り込んだ俺の問いには、マスターが答えてくれた。

「ムスリム以外ではキリスト教やユダヤ教……聖書に従う宗教の女性となら、推奨はされませんが結婚は許されています。現代ではそれほどこだわらなくなったようですが」

羽仁さんが小首を傾げた。

「夏美さん自身はムスリムではないか、形式的な信徒なんだよね？」

「おそらくは。でも、異教徒と結婚すればムスリムの家系から完全に離れてしまうことになるわけですから、やっぱり帰りづらくなるでしょう」

芹の言う通りなら、祖父母が生きているうちに会いに行きたいと考えている川村さんにとっては大きな決断だ。慎重になるのもよく解る。

そうしてそこで、芹は言うべきことを言い終えたようだった。言葉を途切らせて羽仁さんの反応を見ている。

川村さんの不審な言動を説明しきる解釈だった。しかし、俺のように家の宗派もうろ覚えの日本人には実感しにくい話だ。羽仁さんもにわかには受け止めきれないようで、しばらくは声もなかった。

マスターや麻子さんにも言い添える言葉はなく、沈黙が落ちるかと思われたタイミングで、芹が付け足した。

「繰り返しになりますが、確証はありません。ただ、浮気や陰謀を疑うよりも、世の中にはいろんな生き方をしている人がいるという当然、当たり前の事実を考えてみてください」

意外だった。これまで芹は、謎解きの間は多弁でも自分の意見や願いを口にしたりはしなかった。それが今日に限って例を外したのだ。けれどその顔付きはいつもと変わらない、無表情で、なにを考えているのか一向に読み取れないものだった。

そのあとすぐ、悠大くんが目を覚まして羽仁さんは帰っていった。夕方に雨が降りそうだから早めに洗濯物を入れておかないと、なんて生活に急かされて。

去り際、バイバイと手を振る悠大くんに、芹はただ小さくうなずいた。

結局、芹の考えが正しいのかどうかは判らなかった。確かめるには川村さんに訊いてみればいいのだが、電話やメールで尋ねるのはあまりに不躾《ぶしつけ》だ。答え合わせはまたの機会か、あるいはいつまでも謎のままだろう。

なんとなく宙ぶらりんな心地でコーヒーをすすると、すっかり冷めきって刺すように苦かった。反射的に細めた視界の隅で水色の布巾が動いている。カウンターのテーブルを拭いている芹だ。ほっそりした指先から目をそらしながら、訊いてみる。

「珍しいな。あんな風に意見するなんて」

答えは返ってこない。けれど、無視されたのでないことはこちらへ視線をよこしたことで判った。

「なるようになることを肯定する……だったよな？」

「わたしは――」

ようやくの反応は、気のせいかわずかな苛立ちの混じったものだった。

「物事を無駄に深刻な方へ考えようとする人を見るのが好きじゃないの。だからハムレットも嫌い」

急に俺の手元の本への批判が始まった。ハムレットと羽仁さんの話になんの関係があるのだろう。訊きたかったが、芹は俺へ背を向けて別のテーブルを拭きに行ってしまった。どうやら怒らせたようだ。

元々気難しいやつだが、今日は特に不機嫌だ。苦手だと言っていた子供の相手をしたからだろうか。いや、単に俺が調子に乗って話しすぎたからか。最近、普通に会話できるようになった気がするからって……。

自分を罰するように冷たいコーヒーを口へ運んでいると、いつの間にかマスターが目の前にいた。娘に聞こえないようにか、小声でささやいてくる。

「すみません。芹はお子さん……正確には親子連れの相手をしたあとは、いつもああなんです。ひりひりしていると言いますか」

「なにかあるんですか?」

マスターはどこか寂しげに笑って、答えとは別のことを言った。

「わたし以外の相手に当たるのは珍しいんですけどね」

はぁ……としか受けようがなかった。これ以上穿鑿《せんさく》するのは失礼だろう。同じ間違いは繰り返したくない。

一つ解ったのは、三津橋芹は、母親を心配する悠大くんの姿に心穏やかではいられなかったということだ。

解ったことでさらに謎が増えた。しかしそういうものなのかもしれない。俺は、芹が悠大くんに図鑑を読んでやりながら言った言葉を思い出した。

『およそ全てのものは行き当たりばったりと思っておけば間違いないよ』

そんなことを言い切るようなやつなんだから、きっと俺も、行き当たりばったりで知っていくしかないのだろう。コーヒーの苦さに慣れた舌に、複雑な酸味が広がった。

B

「小さな子供が、どうして野菜やブラックコーヒーを嫌いなんだと思いますか？」

「やっぱり苦いからでしょうか。味覚が鋭敏だからとか……」

「それもありますが、要するに『知らない』んです。なにが安全で、なにが危険かを知りません。だから、舌に刺激の強い物はとりあえず吐き出してしまう。成長するに連れて『毒見』を終えて、ピーマンやコーヒーが安全なものだと理解していくのです」

「試行錯誤ですね」

「ええ。子供は万事が毒見です。なんでも試して、痛い目を見て、物怖じして、それから自分が好きなもの、嫌いなものを覚えていく。ですが、毒見を終えていない子供でも、無条件に好きなものがあります」

「なんでしょう……？」

「お母さんか、お父さんか……生まれた時からいっしょにいる人間です。意識の芽生える頃には、自分を守ってくれる存在だと知っていますから」

「はい……」

「悠大くんは身の回りに毒がたくさんあることを認識して、臆病になっている年頃です。羽仁さんが守ってあげてください」

親ならしっかりして子供に心配をかけるな、というごくシンプルな叱咤《しった》を、るそう園のマスターはそんな風に丁寧に、へらで延ばすように語った。その穏やかな説諭を、羽仁都は雷《かみなり》に震える心地で聞いた。

芹《むすめ》の小さいうちに奥さんを亡くして、喫茶店を営みながら一人で子供を育て上げた三津橋に対して、自分はあまりにも不甲斐ない大人だと感じた。

お前はずいぶんするりと結婚したな。と、兄に言われたことをはっきり覚えている。

言われてみれば、都の結婚には障害らしい障害がなかった。次男と長女、本人も双方の家も経済状態に問題なし。両親からの反対もなく、夫の家族も温厚な人たちだ。子供に対する考え方にも行き違いはなかった。

結婚当時、都は不動産会社に勤めていたがあっさり辞めてしまった。叔父の経営する会社で、いわゆる縁故採用なのを周りに知られていたから、どうにも居づらい思いをしていた。結婚にためらいがなかったのはそのせいもあったろう。逃げた先に夫がいたというだけなのかもしれない。

当然、始まってしまえば結婚生活には苦労も多かった。しかしそれらは、テレビなりネットなりで定型文のように叫ばれているような、ありふれた生活上の愚痴でしかない。不満や怒りまでもが無個性で埋没していた。だからといって辛くなかったり腹が立たなかったりということもないのだが。

夫にはだらしのないところもある——部屋着やタオルを何日も洗濯せずに使い続けようとするのには今も閉口している——が、深酒やギャンブルのような悪癖はなく性格も穏やかだ。都の不満のほとんどは、実家で口にすると贅沢だと言われてしまう。

子育ては現在進行形で大変だ。知恵を付けてきたらきたで、赤ん坊の時とは違った苦労がある。少し目を離すと小さな体が明後日《あさって》の方向へ瞬発して、大人の忘れた原始的な遊びに熱中している。とはいえ、幼稚園の他の子と比べてみてもおとなしく素直な子供なのは間違いない。

恵まれている方なのだろう。自分でそう思う。しかしだからこそ、羽仁都はそれを負い目にしていた。

近所の人や幼稚園の保護者仲間と話していても、彼ら彼女らの抱える仕事や生活、親族間の問題には共感できず、政治活動の話などになるとなおさらだった。強い鬱屈がないことが人間の薄弱さだと指摘されているようでいたたまれなくなった。

そんな中で、都は川村夏美に憧れた。

るそう園で夏美のことを相談してから当の彼女に会ったのは、三日後のことだった。悠大を幼稚園へ送って帰宅したところに、夏美が訪ねてきたのだ。

「この前の夜はごめんなさい。せっかく呼んでくれたのに」

他の用事もあって有休を取ったという夏美を、都は再び自宅へ招き入れた。

子供を送り出したあとの家の中は地上のどこよりも静かだ。普段は見たい番組もないのにテレビを点けて、静止した空気を雑音でかき混ぜる努力をしている。それ以外に２ＬＤＫの空漠を埋める方法を思い付かない。

　午前の日差しがハイキーに部屋を染めている。白けた静寂の中で見る夏美の姿はどこか無機質で、線のかすれたクロッキーのように見えた。

「あの時のこと、ちゃんと話しておかないと失礼だと思ったから。あれは、ちょっとした習慣の問題で」

　夏美は耳によく通る、くっきりとしたイントネーションで話す。それは日本語の習熟と自信の表れだと先日までは思っていた。けれど、本当は逆なのかもしれない。ちゃんと伝わるかどうかいまだに不安だから、ことさらに強い声を出すのではないか。

　そんな風に思えたから、彼女の告白に先んじて訊くことができた。

「夏美さん、ひょっとしてムスリムの方なの？」

「……え？　どうして――」

　判ったの？　と尋ね返す夏美に、都はるそう園で聞かされた推測を伝えた。夏美は神妙な顔で聞いていたが、都が話し終えたところで肺に留めていた息をまとめて吐き出した。自分のか彼女のか、肩の荷の下りる音を聞いた気がした。

　芹の説は大筋において当たっていた。夏美は便宜上、イスラムを信教にしているが両親の方針で文化面の戒律にはほとんどこだわってこなかったこと。祖父母はコーランの「宗教に強制があってはならない」という教えを重んじて、子供や孫にさえ信仰や戒律を押し付けなかったこと。ただし、食卓は欠かさず祖父母とともにしていたため、食習慣だけはムスリムに近くなったこと……。

「豚はもう、生理的にダメです。蟹の脚は虫を連想してしまって苦手。お酒や他の食べ物については習い性……と言ってしまえばそれまでですけど、小さな頃からの食生活は変えられなくて」

ムスリムだと指摘されたあとの夏美の話しぶりは一転して軽快だった。どう切り出そうかとずっと迷っていたのだろう。都が夫の不貞への取り越し苦労をしている間に、彼女も頭を悩ませていたのだ。

そう思うと遠慮がちになるが、それでも都は、芹にはしなかった質問をぶつけた。

「ムスリムだってこと、どうして話してくれなかったんですか？」

「わたしが日本へ来た頃は、イメージが良くなかったから」

「それは……」

予想しないではなかった。実際、都だってムスリムのイメージの何割かはショッキングな事件の報道で作られ、頭の中に染みついてしまっている。

咄嗟に返事ができない都に、夏美は案外けろりとして続けた。

「いいんです。ここ最近は以前ほどの偏見はないし。ただ、隠すのがクセのようになってしまってるから、羽仁さんにもなかなか言い出せなくて」

思い出されるのはマスターの言葉だ――「要するに『知らない』んです」。人間は自分の知識の及ばない相手をむやみに警戒するし、警戒された方は萎縮する。怯えるばかりで食べてみることをしなければどんどん偏食になってしまう。悪循環だ。

それから夏美は、結婚に踏ん切りが付かない理由も教えてくれた。これは芹の予想とは違っていた。

「祖父たちのこともあるんですけどね。でも結局のところ、わたしが中国人としても日本人としても、それからムスリムとしても中途半端な根無し草だから、っていうのが一番の原因です」

七年ほど前に同じ会社に勤める能戸《のと》という男にプロポーズされたが、それが原因で断ってしまった。相手は夏美の来歴を知っていたが、夏美には日本に根を張る覚悟がなかった。まだ中国に戻る気がある時期だったし、そうでなくても、生まれた時からの立ち位置が変わってしまうのが恐かった。

「夏美《シアメイ》という名前は、母の国でも馴染みやすいようにと父が付けたと聞いています。要するにわたしは、生まれた時から何人《なにじん》でもなかったんですね」

特別と言えるなにかを持たない、無個性な都には想像できない人生だ。都はその非凡さに、越境者である夏美に心を惹かれた。そして夫も同じように惹かれると思い込んだから、あんな見当違いの妄想に悩まされたのだ。疑心を飛躍させた燃料は、つまり劣等感だった。

しかし聞いてみると、夏美のように精神的な帰属意識があいまいな人間は案外に少なくないのだという。彼女が顔を出す在日外国人のフォーラムでも、老若男女問わず似たような悩みを持つ者は多いそうだ。

平凡な都の憧れた非凡は、別の世界の平凡でしかなかった。

そのことを悟った時、喉が痙攣《けいれん》して笑いの形の息が漏れた。夏美も笑ったようだった。

「ハムレットはたぶん、父親が病死では困るんだ。殺されたんじゃないと」

そんな会話を聞いたのは、さらに数日経ったるそう園でのことだった。夏美のことでマスターや芹にお礼を言おうと、悠大を連れてやってきたのだが、マスターはいそがしそうにしていて、芹は別の客と話していた。あの日も居合わせたお節介な少年だ。

その二人がカウンターを挟んで、なぜかは判らないがシェイクスピアの戯曲について話している。先日とは逆に都が盗み聞きする格好になった。

都も『ハムレット』のおおまかな内容は知っていた。たしか、デンマークの王子ハムレットが、父親を毒殺して母親と結婚した叔父に復讐する物語だ。その過程で友人と決別し恋人や母を亡くし、仇《かたき》は討ったが自分も死ぬ。大学の授業で読んだ時、救われない話だと思ったことを覚えている。

「なんで困るんだよ？　不可抗力の病気で死んだって方が、悪意を持った叔父さんに殺されたと思うよりいいだろ」

そう訊き返す少年に都も同感だったが、芹はあっさりと答えた。

「悲劇でなくなっちゃうからだよ。ハムレットのように行き過ぎて自意識の強い人間は、自分が特別な存在でなきゃ満足できない。父親が病死した息子ならどこにでもいる。でも、父親を謀殺《ぼうさつ》された王子なら特別な存在だ。悲劇の主人公だ。だから他の全てをなげうってでも、父親は殺されたということにこだわった」

「いや……けど実際、父親は殺されたんだろ？　劇の設定では」

「事実はどうでもいい。人の死にすがりつく心根が、わたしは好きじゃないんだよ」

芹がなぜそんなにハムレットを気に入らないのか、理解できない様子で少年は当惑した顔をしている。けれど都にはなんとなく、芹の言わんとすることが理解できる気がした。

もしかすると都は、ハムレットが殺人に執着したように、夫が夏美と浮気していることを期待したのかもしれない。もしそうなら劇的だからだ。都の人生に足りていないものだからだ。張り詰めた人間関係、異国の女性、燃え上がる不義の情念……。

しかし結局、羽仁都はドラマの主役ではなかった。夏美に幻想を抱き、寄生しようとした図々しい小市民でしかなかった。

そう思うと顔から火が出るほどに恥ずかしい。夏美の素性を推察した芹に、今度は自分のあさましさを暴かれた気がした。

夏美は自分のことを根無し草だと表現したが、それは都も同じだった。拠って立つ何物もなく、だから自分を特別にしてくれる白昼夢に耽る。芹の言うハムレットと同じように、次は殺人事件を人生のアクセサリに求めだすかもしれない。

――ふと気付くと、隣に座った悠大がじッとこちらを見ていた。喫茶店へ行くと告げた時にはあんなに上機嫌だったのに、今は不安そうな目をしている。

なぜか悠大が生まれる少し前のことが思い出された。男の子なのは判っていたから、都は「悠太」と名付けたいと言った。響きが可愛いと思ったからだ。けれど夫は「大人になっても『ゆうた』じゃ、なんだか格好が付かなくないか」と理由にもならないような難色を示して「悠大」じゃどうかなと続けた。都はごねずに夫へ従った。

万事がそうだった。母親としてすら根っこがなかった。

しかし今となっては悠大を悠大以外の名で呼ぶことなど想像もできない。「悠太」では口触りが軽すぎるとさえ思う。親馬鹿というものだろうか。

でも、それでいいのかもしれない。

『シンカって、いきあたりばったりのことなんだよ』

悠大が芹から教えられたという言葉が頭に浮かぶ。いくらなんでも大雑把すぎると思ったが、ひょっとしたら含蓄のある至言なのだろうか。

中国人にも日本人にもならず、たまたま職を得られた日本で生きる夏美は、まさに行き当たりばったりだ。だが、だからこそ、今は国外の工場と折衝できる社員として重用されていると聞いた。無計画な根無し草だから進めた場所もある。

そうだ。なんの誇りもないわたしの人生にだって、得たものはある……と、都はかたわらの我が子を抱き寄せた。羽仁悠大。他のどんな生き方の末にも生まれなかった男の子。

いつまでもそんなだと甘えん坊に育つと母には注意されるけれど、大目に見てほしい。この腕の中の重みが、風船のように定まらなかった都の人生に確信と活力を与えてくれるのだから。と、青臭い髪の匂いを嗅いでいたら、幼稚園で使うクレヨンを買い忘れていたことを思い出した。悠大は「きいろ」と「みずいろ」をあっと言う間に使いきってしまうのだ。明日はお絵描きをするだろうか。目下《もっか》の圧倒的現実である。

第五話　名探偵の死角　――Scotoma

A

ただでさえ薄暗い空間が悪甘《わるあま》い紫煙で霞《かす》み、象牙の直方体をカラコロとかき混ぜる音が殺気立つ。日々の糧《かて》より一夜の夢か。ここは人生を指先一つに任せた修羅の巷《ちまた》。

そんな風にイメージしていたのだが、全然違った。

喫煙スペースはあるが全卓禁煙だし、牌《はい》はプラスチック製だ。全自動の雀卓は驚くほど静かでいっそ味気ない。夕方の浅い時間だからか客層はお年寄りが多く、なごやかに談笑しながら牌をやり取りしている。

雑居ビル・ハニコム小室《こむろ》の五階、雀荘「虎牢関《ころうかん》」。二年前の開店だとかで内装はまだ新しく、雀荘というよりゲームセンターめいた雰囲気だった。ＬＥＤ照明の白光が目に刺さりそうなほどだ。

雀荘は賭博場ではない。もし金銭が動くなら客が勝手に賭けているだけだ。ということになっているらしい。それでも普通は、高校生の俺が足を踏み入れていい場所ではないのだろう。ならなぜいるのかといえば、

「ツモ。八〇〇、一六〇〇」

目の前の雀卓で淡々と和了《あが》りを宣言する少女、三津橋芹《みつはしせり》を手伝ってコーヒーと軽食の出前に来たからだ。

芹は一階の喫茶店「るそう園」のマスターの娘で、募集中のアルバイトの代わりに店を手伝っている。年の頃は俺と同じくらいだから、大人たちに交じって雀卓を囲む姿はいかにも場違いではある。

同じく場違いな俺が今日、出前に付き合ったのは、ちょっとした気まぐれからだった。

学校帰りにるそう園でコーヒーを飲んでいたら、店に五階から注文が入って、マスターが芹へ声をかけた。

「出前へ行ってくれないか。量が多いから二往復してもらうことになるが」

るそう園はコーヒーや酒だけでなく軽食も出すから、注文が重なると一度では運べない量になるようだ。俺は、飲み終えたコーヒーから顔を上げた。

「俺も行きましょうか」

「いえ。お客様にそんな……」

マスターが恐縮する一方で、芹は遠慮がなかった。

「いいんじゃない。いつもコーヒー一杯で粘ってく『お客様』なんだから」

ぐさりと来たが言い返せない。なにせ図星だ。

安めのコーヒーを飲みながら本を読んで、切りのいいところまで腰を落ち着けてしまう。回転率のいい客とはいえないだろう。そういう負い目もあって手伝いを申し出たのだ。

「芹！　なんてことを言うんだ」

「いや、事実なんで……むしろ行かせてください」

重ねて言うと、マスターは俺と芹を見比べて、それからためらいがちに告げた。

「それでは……すみませんが、お願いします」

そうしてコーヒーやオムライスを雀荘の客へ届けたのだが、さあ帰ろうという段になって呼び止められてしまった。るそう園の常連で、俺とも面識のある二人だ。同じ麻雀卓で向かい合って座っている。

「ちょっといいか？」

一人は四階に探偵事務所を構える戸村《とむら》さん。四十代の、くたびれた感じのする男性だ。なんのこだわりなのか、部屋の中でも中折れ帽をかぶっている。

「芹、ピンチに入っていきな」

もう一人は三階で占い師をしている六十歳くらいの女性で、アザゼル麻子《あさこ》さんという。当然本名ではないだろうが、紫に染めた髪には妙に似合っていた。

二人とも営業時間なのではないかと思ったが、予約がなければ拘束されない仕事をしている人たちだ。仕事場はこのビルの中だし、御用の方は携帯電話に連絡くださいとでも貼り紙しておくだけですぐ降りていける。

雀卓にはもう一人、見覚えのない若い男がいた。ぞんざいに染めた金髪は不良青年然としているが、飾り気のないベストを着込んでいるところを見ると店員らしくもある。

最後の一席は空っぽだった。牌は並んでいるから離席中なのだろう。

芹はすぐには返事をしなかった。聞こえなかったふりをしようか迷ったように見えたが、それを察してか否か、戸村さんが話を続ける。

「面子《メンツ》が一人、半荘《ハンチャン》の途中だってのに仕事の電話が入って抜けちまったんだ。代理で打っていかないか。マスターには俺から電話するからさ」

ピンチというのは雀荘用語でピンチヒッターのことか。

「そういうの、普通は店員さんがやるものじゃないんですか？」

思わず口を挟んでしまう。戸村さんは俺と目を合わせてから視線を金髪の男へ振った。

「最初から店員を一人入れて始めたし、他の店員は店番やらでいそがしくてな」

やはりこの雀荘の店員のようだ。つられて目をやる俺に、金髪の店員はどこか皮肉っぽい笑みを浮かべた。戸村さんは思い付いたように続ける。

「なんなら小南《こなみ》くんが入ってくれてもいいぞ」

「俺はルール知らないんで……ていうか、未成年が入っていいんですか？」

「じゃあやっぱり芹だね。なに、一時的な代理なんだから構えることはない。それに、この店員があんた向きの話を持ち込んできたんだ」

独特な貫禄のある見た目通り、麻子さんは強引なところがある。芹が拒否するとは思ってもいない様子だった。そして実際、

「わたし向き？」

芹はようやく反応を返した。表情こそ薄いが好奇心はむしろ強い。占い師は満足げにうなずい

て、斜向かいに座る男を顎《あご》で示した。

「そう、あんたの好きな謎解きさ。しかも今度は大金がかかってるらしい」

「別に好きじゃないですけど」

言いながら、芹は空白の一席へ腰を落とした。

「大金は気になりますね」


店員は竹丸一《たけまるはじめ》と名乗った。この雀荘でバイト中の大学生で、映像学科で学んでいるという。癖なのか、山から取った牌でトントンと卓を突《つつ》きながら次の一手を考えている。

「まー、とにかく卒業して、それっぽい会社に入り込めればいいと思ってるんですけどね。不況だし家にも金ないし、選り好みする余裕ないス」

口調こそ軽かったが、苦学生なのは本当なのだろう。母子家庭の貧乏エピソードや変わったバイトの経験談を話し出すと切れ目がなかった。

そんな彼にとって思いがけない幸運が舞い込んだのは、一月《ひとつき》ほど前のことだった。

「幸運、なんて言っちゃいけないか。父方の親戚が亡くなったんだけども、その人、奥さんも子供もいなくて。家《うち》の親父も死んでるもんだから、俺にも遺産が入ってくる可能性が出てきたんです」

「遺産ねぇ……その親戚、どんな人なの？」

捨て牌をながめながら訊く戸村さんに、竹丸さんは首を横へ振った。

「それがよく知らないんですよ。一色清《いっしきせい》って映画監督で、顔を合わせた記憶もない。顔写真だってウィキペディアで初めて見たくらいです」

いるでしょ、そういう隠れ親戚。と同意を求める竹丸さんに、戸村さんは「まぁな」とあいまいにうなずいた。麻子さんが顔をしかめているのは、親戚になにか思うところがあるのか麻雀の手が悪いのか。芹はなんの反応もせずに牌を捨てた。

「ヒットメーカーでもない映画監督の資産なんて大したもんじゃないらしいんですけど、その人の場合、実家が資産家だったから相当な額を遺してたんです。俺の金銭感覚にはない桁に目を疑いましたよ」

「よかったじゃないか、悪事も働かずに大金が転がり込んでくるなんて」

そう言った麻子さんを不謹慎だと咎める大人はこの場にいなかった。他人事に薄情だけど陰湿な感じはしない。そういう人たちだ。

「でも、条件があるんだろ？」

ここまでの話は、麻子さんと戸村さんは大摑みに聞いていたようだ。芹好みだという謎解きはここからか。

「弁護士だって人から呼び出されて行ってみたら、遺言書で相続の条件が指定されてるって言われました。相続の資格を持ってる何人かのうち、条件をクリアできた者たちで遺産を山分けにするって話です。誰も条件を達成できなかった場合は、なんたらって基金に寄付されるそうです」

「宝探しゲームってわけか。金持ちは変なこと考えるもんだな……で、その条件は？」

戸村さんが山から取った牌に目をすがめながら先を促す。竹丸さんはもったいつけるような間《ま》を作ってから続けた。

「一色清の代表作『あの人の容《かたち》』。そのヒロインのモデルになった人を探して、形見の品を渡してほしいって依頼です」

『あの人の容』は、一般に恋愛映画と紹介される。知名度は低いが地力のあるキャストをそろえ、海辺の街を舞台に人形作家の青年とヒロインとの出会いと別れを描いた叙情詩。というのがスマホで検索して出てきた解説だ。聞いたことがあるようなないような国内の映画賞を獲得している。

「一色清の受賞歴はそれきりで、他の作品は難解すぎて映画ファンも困惑するのだとか、逆に作家性の薄い請負《うけおい》仕事だとかだったみたいです。だから思い入れが強かったんでしょうね。

モデルに渡す形見っていうのも、その映画で使った小道具《プロップ》の人形です。民芸品っぽい造りの、べたっとはいつくばった赤ん坊みたいなぬいぐるみで愛嬌はありますけど、だいぶ傷んでたし値打ちはなさそうです」

俺は話の邪魔にならないよう芹の手牌を後ろから見ていたが、どうしても気になって口を挟んだ。

「映画については解りましたけど、その、ヒロインのモデルってのはどういう人なんでしょう。監督の大切な人だったんですか?」

「さあ……相続の条件にするくらいだから、そうじゃないかな?」

投げやりな竹丸さんだが、そもそもその人を探すのが課題なんだから答えようもないか。煮え切らない返事に、麻子さんがじれったそうに問いを重ねる。

「探して形見を渡すってことは、現在行方不明とかかね」

「いや、モデルがいるとは明言されてるんスけど、どこの誰かは遺言書にも書いてなかったんです。だから麻子さんたちに知恵を借りたかったんですよ。人捜しといえば占い師と探偵でしょ」

もちろん見つけられたらいくらか謝礼を払いますから。と、へらへら続ける竹丸さんに、戸村さんがぱんッ！　と両手を打ち合わせた。

「それじゃ正式な仕事ってわけだな。いそがしい合間を縫って営業に来た甲斐があった」

暇を持て余して雀荘にしけ込んでいるようにしか見えなかったが、意外とこういう場所に仕事が転がっている稼業なのかもしれない。この人はどこまで本気で言っているのか判らないところがある。

「話次第じゃ、元手要らずで報酬をいただけそうだね」

麻子さんは人の悪い笑みを浮かべたあと、ふと眉をひそめた。

「それにしても、届け物を言付《ことづ》けるのに届け先を隠すなんて馬鹿みたいじゃないか」

竹丸さんはオーバーな仕草で肩をすくめる。同感ということだろう。

「弁護士の先生も誰だか知らなくて、所定の期日に開封される書面で答え合わせをするそうです。自分の映画を理解できたなら見つけられるはずだ、なんて一色清は言ってたとか。センスのない奴にはビタ一文《いちもん》遺したくないってことなんですかね？　気難しい人だったみたいだから」

気難しいというか、だいぶこじらせた人のようだ。

「とりあえず故人と関わりの深かった女性を三人ほど、弁護士さんから教えてもらってます。まずはその中から検討しようと思ってるんスけど……あー、でも、映画のあらすじから話した方がいいですかね」

「それが順序だろうな……あ、それポンだ」

どちらかと言うと麻雀に集中しているように見える戸村さんに促され、竹丸さんは映画の内容を語り始めた。

――主人公は卒島桐彦《そしまきりひこ》という前衛的な人形作家の青年。野心旺盛な若者で、師匠のパトロンを奪って工房から独立しようと計画するが、プレッシャーからスランプに陥ってしまう。なにが美しくてなにが美しくないのか解らなくなる症状で、作中のセリフでは「美意識の失調」と表現される。作品を作れなくなった卒島はパトロンから見限られ、全てを失って海辺の故郷へ帰った。

そこで出会ったのがヒロインの毬浜肖子《まりはまあやこ》。昼間は弁当屋の店員、夜はホステスをして家族の遺した借金を返してる二十代の女性だ。形のいい眉が強い意志を、褐色がかった肌がエキゾチックな健康美を象徴しているようだった。

しつこい客と喧嘩になった肖子を介抱した縁で二人は知り合った。卒島は、蓮《はす》っ葉《ぱ》に強がったかと思うと夜霧に溶け消えそうに儚《はかな》く笑う彼女のアンバランスさに惹かれていき、やがて恋に落ちる。そして、彼女をモデルにした人形を作ることで自分の美意識を再定義しようとする。愛する女性《ひと》が美しくなくてなんなのだ、と。だが肖子は拒否する。

「やだよ。自分の人形なんて見たくない」

「そんな深く考えないでくれ。エチュードなんだ。人の目に触れることはない」

「無理。卒島さんの人形だもん。いつかは美術館のガラスケースに入れられて、たくさんの人に見られるんだ。でもね、あたしが耐えられないのは他人《ひと》に見られることじゃない。あたしが人形を見ることなんだ。人形はきっと、鏡に映らない、あたしの汚い部分も写し取っちゃうから」

いささかくだくだしい脚本の緩みを感じさせない、緊迫した危うい語り口。素の顔が知られていない無名女優ならではの、真に迫る悲壮感があった。

肖子の意志を尊重して、卒島も一度は制作をあきらめる。だが、肖子が他の男と夜の街を歩いているのを見た卒島は彼女にまで捨てられることに怯え、あの人を自分の手の中に収めたいという欲望のままに人形を作ってしまう。

案の定、「肖子人形」は卒島の才を惜しんで訪ねてきた恩師の目に留まり、人形作家への復帰が決まった。しかしそのことを告げに肖子の家を訪れた時には、彼女はもう姿を消していた。ごく短い置き手紙にはこう書かれ、無音の画面にゆっくりしたパンで映される。

『うつくしさを知ることは、みにくさを知ることです』

卒島は肖子との約束を守るために肖子人形を燃やしてしまう。炎の中、腹から入った亀裂が広がって真っ二つに割れる人形の姿に、卒島は慄然《りつぜん》とする。

そうして彼は新たな人形を作り始めた。今度は美しさではなく、自分の心の醜《みにく》さを見つめるための人形を。その人形は卒島の畢生《ひっせい》の作となり、実に四十年後、美術館のガラスケースに収められた。題は『あの人』。その人形をながめる老婦人の後ろ姿で映画は終わる。

驚くほど短いエンドロールはスポンサーとスタッフの少なさを示している。

「――と、そんな感じの古風な恋愛映画なんですけど、日本人形と西洋人形を混交したような独自の美術と直接表現に頼らないエロティシズムが高い評価を得た……らしいです。当時の映画誌によると」

あらすじだけでは具体的なところはよく解らないが、とりあえずはストーリーが把握できればいい。詩情の強い人間ドラマのようだ。

「ヒロインの肖子の特徴は、『海辺の町に住んでる』、『昼は弁当屋、夜はホステスをしてる』、『主人公と恋仲になり、破局する』ってとこか。一応メモしといてくれ」

「あ、はい……」

急に戸村さんに声をかけられて、あわてて手帳を広げた。俺がいそいそとペンを動かすうちに、麻子さんが牌を横にして切る。

「立直《リーチ》だ。なにやら辛気くさそうな映画だね」

「うわ、安牌《あんパイ》のねぇところを……まぁ、明るい映画ではないスね。でも港町の寂びた風景とか子供たちの駆け回る愛らしい姿とか、映像の美しさも評価されたみたいですよ」

「田舎、海、子供か。遠くにありて望むべきもののトップスリーだ。映画らしいといえば映画らしいか」

「なんスか、その偏った映画観？　ともかく映画の概要はそんな感じですね。登場人物は他にもいるんですけど、大筋は主人公の卒島とヒロインの肖子のやり取りで進みます」

「なるほど。そんな座組《ざぐみ》なら、遺言にある『ヒロイン』は肖子を指すと見て間違いないだろうな」

実は意外な人物が真のヒロインでした、なんてオチはなさそうだ。戸村さんは解釈違いの可能性を潰してから、話を劇から現実の人物へ移した。

「じゃあ次は、毬浜肖子のモデルになった可能性のある人たちについて聞かせてくれ」

「一色監督と深い関わりのあった女性で、それらしい人物は三人って話でした。

一人目は有馬涼子《ありまりようこ》。一色が若い頃に同棲していた……ていうか、半ば養ってもらってたような女性です。一色の師匠に当たる映画監督の愛人《いいひと》で、元は女優だったけど当時はもうクラブのママをやってたとか。女優時代の写真を見ましたけど、目元の涼しげな美人ですよ。勝ち気な性格で、男と別れ話になるたびに揉めて時には警察沙汰になったそうです。一色より十歳ばかり年上ですけど、今も元気だと聞きました」

師匠の愛人の、いわゆるヒモだったのか一色清は。泥沼にしか思えないが、演劇人というのは概してデカダンなイメージがあるし、それほど珍しいことでもないのかもしれない。映画のヒロインとの共通点は、水商売の女性ということくらいだろうか。

「二人目は美輪麻里《みわまり》。最初の結婚相手です。涼子とのことで師匠と衝突して、業界から干されてた時期に戻っていた地元の港町で出会いました。有馬涼子とは反対に柔和で素朴な感じの人という話です。結婚式の写真を見せてもらいましたけど、海辺育ちらしく健康的な印象の人でしたよ。一色は泊まっていた民宿で働いていた彼女と親しくなって、短い交際の後に結婚しました。けど、映画業界に復帰した一色は家へ寄り付かなくなって、夫婦仲は徐々に冷え込みました。結局、結婚から五年目、麻里が家を出てそのまま離婚。また独りになった一色はしばらく酒浸りになったそうです」

ありがちと言えばありがちな話だが、伝聞だけでは夫婦のどちらが悪いのかは判断が付きかねた。挫折して逃げ出した先で出会った相手という点と、そこが海沿いの町だったという点が映画と一致している。

「三人目は部谷綾《へたにあや》。二人目の結婚相手になります。『あの人の容』の映画に端役で出演したのが馴れ初めで、二十歳近くの年の差婚をしました。この人は結婚当時は歌手をしてたんでネットに写真がありました。きりっとした眉やシャープな顔立ちが、肖子役の女優さんとよく似ています。半分アイドルみたいな歌手で、鼻にかかった甘ったるい声を出す芸風だったんですが鳴かず飛ばずのまま廃業。結婚を機に飲食関係の仕事に鞍替えして、それからはハキハキとしゃべる活発なキャラクターに切り替えたそうです。色白だった肌も日焼けさせたとか。数年は仲良く新婚生活を送っていたみたいですが、若い男との浮気疑惑が持ち上がるや一色が激怒。綾の方も癇癪《かんしゃく》を起こして、そのまま速攻で離婚したって話です」

容姿といい破局に至る事情といい、『あの人の容』によく似ている。綾と肖子で名前まで近い。ただ、結婚するまでの事情には全く似たところがなかった。

と、関係ありそうな情報が大まかに語られたわけだが、ヒロインのモデルを特定するにはほど遠い。映画をちゃんと観れば解ることもあるのだろうか。

その時、この席に着いて初めて、芹が口を開いた。

「ツモです。八〇〇、一六〇〇……点数、合ってますか？」

手牌を倒して宣言し、戸村さんに確認してから点棒を集める。安めの点数で負けた麻子さんが嫌な顔をしているのに構わず、フラットなトーンで話を戻した。

「一色清という人のことも教えてもらえますか。三人の女性との関係性を、時系列で確認させてください」

涼しげな声は決して大きくないが、全自動雀卓の作動音の中でもくっきり聞き取れた。芹をよく知らないいらしい竹丸さんは戸惑って麻子さんたちに目をやったが、話を促す視線を返され、真面目に答えることにしたようだった。

「映画誌の追悼記事に載ってた話をつなぎ合わせたようなことしか話せないんだけど」

そう前置きして、竹丸さんは映画監督の略歴を語り出した。

一色清は幼年期を母子家庭で過ごした。父親は複数の会社を経営する実業家だったがあとになるまで子供の存在も知らず、清は料亭の仲居をしていた母親の元で育てられた。貧しいながらも母子仲は睦《むつ》まじいものだったという。

清が映画と出会ったのは、母の仕事中に預けられた祖父の家でのことだった。祖父は腕のいい人形師だったが腰を悪くして以来思うように働けず、また妻を亡くした鬱屈を趣味の映画鑑賞で慰《なぐさ》めていた。最初は孫を寝かしつけてから観ていた祖父も、小学生になった清が興味を示すようになると二人で映画を楽しむようになった。夜更かしがすっかり習慣になった頃、清は祖父を亡くした。

十二歳の時に父の家へ引き取られ、肩身の狭い思いをしながらも大学まで進学。しかし勝手に中退して父親の勘気を被り、映画関係の仕事をしていた知人の家へ転がり込んだ。そこで映像作家としてキャリアを積み、やがて有馬涼子の所有するマンションへ囲われる。初監督作品はポルノ映画だったがシリーズ化し、出演俳優が出世したため有力プロデューサーとコネができた。

しかし一般映画の監督としては永らく芽が出ず、また、細部までコントロールした画作《え》りに拘《こう》泥《でい》したため撮影現場でのトラブルも多く、評判は芳《かんば》しくなかった。さらに有馬との関係が露見するに至って業界を干される。この時期に有馬と破局したが、別れ話の出る前から彼女へ感情的に当たり散らし、時に暴力を振るったとも言われる。

「要するにマザコンなんだよ、一《いっ》ちゃんは。涼子さんに母親を重ねちゃったの」（当時の友人）

涼子との破局後、当てもなく戻った故郷で美輪麻里と出会い、そこで最初の結婚をする。ほがらかで陰のない麻里との生活は、一色の荒《すさ》んだ心に癒やしを与えた。

これを機に東京へ戻り、諸処《しょしょ》に頭を下げて監督業へ復帰。制作側の意図に沿った作品を撮れる職人型の監督として手腕を揮《ふる》う。生活の安定した一方で、一色清ならではの尖鋭的な作風が失われたと嘆く声も上がった。

「若い頃からの映画仲間からは、生活にスポイルされてキレがなくなったなんて言われてましたね。実際、本人も、なにが自分の映画なのか見失っていた時期だと語っていたそうです。でも、監督はあの頃が一番幸せだったと思いますよ」（関係者）

三十八歳の時、麻里と離婚。原因は判っていないが、一色の生い立ちが家族関係の形成を受け入れさせなかったためだとも言われる。

その翌年には『あの人の容』の企画をプロデューサーに持ち込む。ちょうど頓挫《とんざ》した映画の穴埋めが必要とされていたため、突貫作業でクランクアップ。そういう状況だったのでスケジュールの空いていた無名俳優ばかりの低予算作品になったが、評論家の支持を得て生涯唯一の受賞作となった。

この映画にエキストラで出演した部谷綾と数年後に結婚した。一色が四十四歳、綾が二十五歳。年齢差から周囲はまた離婚するのではないかと案じたが、果たして三年で離婚。一色は知人に、綾の男性関係が原因だと説明したという。

「最初は周りが呆れるくらい仲が良かったんですけどね。若い綾さんには、父親のように管理してくる一色さんが煩《わずら》わしかったのかな。旦那が浮気へ神経質になればなるほど反発して男遊びに溺れちゃって。お子さんがいなかったのが不幸中の幸い……と言っていいのかどうか」（関係者）

五十歳の時に父が死亡し、遺産の一部を相続した。勘当同然の身のこと、全体からすれば微々たる額だったが一財産には違いない。この時期に金目当てで寄ってきた人間のために狷介《けんかい》さがいや増し、身辺に誰も寄せ付けなくなった。

享年五十六歳、不摂生が祟っての病死だった。訃報は映画誌の片隅にだけ載った。晩年は孤独で、若い頃に親交のあった有名俳優が喪主を務めた。自宅に残っていたのは人形を中心とした蒐集品だけだったという。

竹丸さんが弁護士から聞いた話をまとめた略歴は、俺がスマホで検索してみた一色清のデータベースを一段詳しくしたような内容だった。具体的に言えば、ネットには関係した女性たちの情報がほとんど載っていない。また亡父の遺産を相続した件にも言及されていなかった。

「あれだな。素《す》っ頓狂《とんきょう》に思えたモデル探しが相続の条件になった理由は解った気がするな」

次局の牌をながめながら言う戸村さんにうなずいて、俺も思い付いたことを口にする。

「父親の遺産が入ってきた時、金目当てで寄ってきたのが多くて人間不信になったんですかね。だから自分の時は、代表作の価値が解る相手に贈りたかった……とか」

「まぁ、気難しい人だったみたいだから」

当事者の竹丸さんは、先に言った言葉を繰り返しただけだった。よく知らなかった親戚だとはいえ、仮にも遺産を継ごうというのにちょっと冷淡なんじゃないだろうか。

同じく淡白な芹がなにも言わずに牌を捨て、麻雀が再開する。麻子さんが山から牌を引きながらつぶやく。

「聞いてると、人生の転機ごとに女が関わってるんだね」

有馬涼子と関係を持ったことから業界を追われ、美輪麻里との結婚を機に銀幕へ舞い戻り、代表作には部谷綾が出演していた。死んだ時にその全員とのつながりを失っていたことを暗示的と見るのは感傷だろうか。

「そしてその女三人に、映画の肖子の特徴が見事にバラけてる」

続く麻子さんの言葉に、俺はさっきのメモを見ながら確認した。

「『海辺の町に住んでいる』という点は、最初の結婚相手の美輪麻里。『夜はホステスをしている』というのは、水商売の有馬涼子が当てはまります。『主人公と恋仲になり、破局する』は三人ともですけど、嫉妬が原因で別れたのは二番目の妻になった部谷綾……たしかに、三人ともそれらしい要素がありますね」

映画のヒロインは破滅しかけた主人公を再生させ、その過程で離別するというのが大まかな役割だけど、それは三人に共通していて決め手にならない。

「とりあえず、二人目の嫁、部谷綾は除外していいんじゃないか」

言いながら、戸村さんがトンッと捨て牌で卓を打った。

「部谷綾とは『あの人の容』に出演したのが縁で付き合いだしたんだろう？　だったら、その映画のモデルにできるはずがない」

「でも、肌の色とか顔立ちとかは一番似てますよ?」

「それは偶然の一致、というか、単に監督の好みの顔なんじゃないか」

そう言われてしまうと、ありそうな話ではある。俺が納得したと見て、戸村さんは別の女性に目を転じる。

「次は有馬涼子について検討してみよう。先輩監督の愛人で十歳くらい年上、母親のように認識してたなんて話もあったな」

「その辺は、映画の肖子とは似てないスね。肖子は主人公の卒島と同じくらいの歳だから」

「挫折を経験する前に出会ったっていう点からしても、映画の本筋である『創作者の再起』からは外れてるんだよな。水商売をしてた共通点は無視できないが、可能性は低そうだ」

ひとまずの結論を出した戸村さんに、麻子さんが続く。

「普通に考えれば美輪麻里が怪しいだろうね。仕事を失って逃避中に出会った女。しかも会った場所は海辺の町だ。出会いを機に仕事へ返り咲いて、そのあとに別れたって流れまで同じとくる。別れた理由も、仕事にかまけて家へ寄り付かなくなったからとかだったろ? 芸術家として得たものと失ったもの。約束を破って肖子の人形を作って愛想を尽かされた卒島に似ているじゃないか。『映画のヒロインのモデル』という意味で当を得ているのは、やっぱり美輪だろう」

なるほど、映画の主題も考え合わせれば美輪麻里説には説得力を感じる。けれど竹丸さんは慎重に首を傾げた。

「でも、性格は全く違いますよ。美輪麻里は穏やかで明るいタイプですけど、映画の肖子は強気で喧嘩っ早い」

麻子さんは動じなかった。

「伝わってないだけで、プライベートでは激しい性格だったのかもしれないだろう」

「そんなことは……いや、そうかもしれないスけど、美輪麻里だと当たり前すぎませんか。わざわざ相続の条件にするのに、そんなストレートな答えになりますかね」

「そんなことを言ってたら三人のうちの誰かは決められないだろう」

たしかに、三人ともに肖子との共通点と相違点が存在し、そのどちらにも根拠や反証となりうる強度がある。依然として決め手がない。あるいはこの三人以外にモデルが存在するのだろうか。

そう考えながら、俺は引っかかりを感じていた。今まで聞いた話と映画の内容のどこかがかぶる。そこに答えが見えている気がする。麻雀で言えば役を成す牌はそろっているのに、俺が役を知らないから和了《あが》れないでいる……。

そんなもどかしい思いは、芹の声に遮《さえぎ》られた。

「よく、卵が先か鶏が先かって言いますけど」

あまりにも出し抜けだったので、誰も反応できない。芹は構わずに続けた。

「鶏は品種改良で生まれた鳥だから、普通に考えれば卵が先だと思います」

卓の全員が黙ってしまったが、一番困惑しているのは芹に慣れていない竹丸さんだった。

「そう言われればそうだけど……それがなにか関係あるのかい？」

「『モデル』という言葉の解釈の話です」

「解釈って……写実の対象とか、モティーフのことを言うんじゃないの」

竹丸さんはまだピンと来ていないようで、返事の声音《こわね》もうろうろと定まらない。麻子さんと戸村さんは無言で牌を回しているが、その目は芹の方を見つめていた。

芹は一見関係ないような話を続ける。

「さっき話に出ていた通り、二人目の配偶者である部谷綾の外見的特徴は映画の肖子によく似ています。意志の強そうな眉、結婚後に日焼けさせた肌。性格も気の強いタイプになってこれも肖子似です」

「でも、一色監督が部谷と付き合うことになったきっかけは、彼女が『あの人の容』に出演したことだ。すでに脚本に沿って撮っていた肖子のモデルにはできないよ」

「だからモデルの定義を疑うんです」

「ええと……なんの話？」

本格的に混乱し始める竹丸さんとは逆に、俺は芹の言いたいことが見え始めていた。

「普通に考えないで、鶏が先だとするんだな。映画の肖子が鶏で、現実の部谷綾が卵だ」

芹は俺を目の端に入れてうなずいた。

「model《モデル》には模型だとか粘土の像、あるいはデザインの型式などの意味もあります。そして、遺産相続の条件はヒロインのモデルになった人を探すということでしたね？」

「まさか……部谷綾は肖子の模型だって言うのか？」

ようやく芹の言わんとすることを察した竹丸さんだったが、その反応は信じがたいというものだった。枯れ草のような髪をくしゃくしゃとかき混ぜている。芹は淡々とうなずく。

「はい。そう考えれば話は通ります。容姿、性格とも肖子に似ているが、出会いのタイミングが映画のあとの部谷綾……それも当然で、一色清監督は映画の中で作り出した理想の女性を、現実の世界でコーディネートしたんです。元から容姿の似ていた女性に口調を変えさせ、肌を焼かせ、あるいは破局の経緯までトレースした。

　こんなにもできすぎた一致は、むしろ後出しでなければ不自然です。映画の内容を考えると、有馬涼子や美輪麻里に捨てられて女性不信に陥った一色清が、フィクションの中で生み出した理想の女性を現実世界に求めた、というところでしょうか」

　映画の主人公の卒島は、自分の美の基準を失ったところで肖子に出会って再び人形を作れるようになった。一色監督は逆に、理想の女性像を映画の中に作り上げ、それに近い女性と結婚したという解釈か。そう考えると、たしかに部谷綾は映画そのものの模型《モデル》になった女性だ。

「映画で作り上げた女性像を、現実の人間で再現するなんて……ありうるものなのか？」

うめくようにして誰にともなく問う竹丸さんへの返事は、俺たちの背後から聞こえた。

「ハンス・ベルメールの話かい？」

　穏やかだとか和やかだとか、～やかと付く形容の似合うこの声の主は鷲尾《わしお》さんだ。このビルの二階にある古書店「晴蛙《せいあ》堂《どう》」の店主の息子さんで、本人はサラリーマンをしているが、最近よく見かける。

「仕事の電話は終わったか？」

　冷め切ったコーヒーをすすりながら声をかける戸村さんに、鷲尾さんは苦笑いを浮かべた。

「一段落ってとこです。またかかってくるかも。せっかく半休もらったのに……引き継ぎってのも存外に面倒なもんですね」

「そんな程度の面倒を嫌うから、終身雇用にしがみつく社畜が多いのさ」

そう言う麻子さんも含めて、この三人はるそう園の常連でそれなりに長い付き合いらしい。気安い会話の意味するところも気になったが、まずは、

「抜けた面子って鷲尾さんだったんですね」

「代わりますか?」

戻ってきたなら芹が打ち続ける理由はない。俺と芹に続けて言われて、鷲尾さんは長身を屈めて芹の手牌をのぞき込んだ。

「いや……だいぶ進んでるし、よければこの局だけは続けてもらえるかな」

「解りました」

付き合う義理もないのに素直にうなずく芹は、ひょっとすると麻雀を楽しんでいるのかもしれない。表情からはなにもうかがえないが。

「ところでハンスなんたらって誰だ?」

脱線した話を麻子さんが引き戻した。手近な椅子へ腰を下ろした鷲尾さんが答える前に、竹丸さんが宙へ視線をさまよわせながら言う。

「たしかドイツの芸術家ですよね? なんか気持ち悪い球体人形を作った……」

「さすが芸大生だね。そのベルメールが同棲していたウニカ・チュルンって女性が、知り合うずっと前に作った人形と似ていたというエピソードがあるんだ。てっきりその話をしてるんだと思ったんだけど……」

違うの? と、状況を把握していない鷲尾さんは首を傾げた。古書店長男の博識はさらに続く。

「そういえば、マゾヒズムの言葉の元になったマゾッホにも似たような逸話があるね。『毛皮を

着たヴィーナス』って小説を書いたあとに出会って結婚した女性を、小説のヒロインの名で呼んで生活したんだ。破局の理由まで小説とそっくり同じだったそうだよ」

「はぁ……芸術家にとっては因果関係の倒錯なんて問題じゃないんスね」

さらに類例が足されたことで、竹丸さんも心を動かされてきたようだった。彼の捨てた撥《ハッ》をポンしながら、芹は何事もなかったかのように話の続きを口にした。

「この説の一番の根拠は、これが正解なら遺産相続の試験として成立しうる難易度だからです。映画を撮り始めてから出会った部谷綾がヒロインのモデルだとはまず考えない。だからこそ、遺産相続の資格を試す問題にふさわしいのではないでしょうか」

その点は竹丸さんも気にしていた。美輪麻里説は無難だが消去法にすぎない。それよりも、出会った時期の矛盾を乗り越えて、より肖子像に近い部谷綾を採る方が試験らしい回答と言えるだろう。走者よりもコースを見て競技の本質を測る。芹らしい発想だ。

「自分の美意識を見つめ直して新たな人形を作っていく、という映画本編の内容とも合致する。部谷綾を人形扱いしてるようでぞっとしないが……まぁ、人間不信をこじらせた映画屋の謎かけとしては、いかにも『らしい』んじゃないか」

麻子さんも顔をしかめながらも同意して、依頼者を見やる。竹丸さんは口元を歪めて天井を仰いで、それから一転うつむいて胸元へ大きな息を落とした。

「なるほど、ありそうな話だ。我が子同様のフィルムを、親戚への意地悪問題に使ったわけですか。家族を持つことから逃げ続けた一色清らしい、ねじくれたやり方っスね」

「なんだよ、急に辛口だな。そりゃまぁ、変わった御仁だとは思うが、いいじゃないか。死んじまったんだから」

戸村さんの言い草は身も蓋もない。これも一種のハードボイルドだろうか。顔を上げた竹丸さんは笑っていた。

「まったくです。俺は金が入るならなんでもいい。もう少し調べて問題なさそうだったら、部谷綾さんをヒロインのモデルだと弁護士さんへ伝えますよ」

この場合、正解だった時のお礼は誰に払えばいいのかな?」

困ったように見られて、芹は小さく首を振った。

「皮算用はすべきじゃないと思いますが、なんにしろわたしに払われても困ります。わたしは麻子さんや戸村さんみたいに職業の看板を掲げてるわけでもなく、無責任に考えたことを言っただけですから」

別に遠慮しているわけではなく、掛け値のない本音なのだろうと思う。三津橋芹が謎解きを好むのは明らかだが、他人の人生にくちばしを突っ込むのを避けているのも間違いない。他人との関わりを最小限にしているから、こうも超然としていられる。

「あたしへの相談料は値引きしとくよ」

麻子さんの戯言《たわごと》を全員が無視したところで芹の手番が回ってくる。この場で言うべきことを終えた芹は、自動雀卓の一部になったようにおとなしく牌をつまみ上げる。

ひとまずの解決。そんな雰囲気の中で、俺は口を開いた。

「待ってください。まだ結論には早くないですか」

一同の視線が俺へ集まる。いや、芹だけは振り向かなかったが手を止めた。俺は彼女ほど強心臓ではないから緊張に喉が引きつったが、それでも言葉は止まらない。

「映画のヒロインのモデル候補は、もう一人いると思うんです」

「もう一人というと……有馬涼子、美輪麻里、部谷綾の三人以外に、ってことか？」

うなずいて見せると、戸村さんは頭に載せた中折れ帽を抱えてうなった。

「それは、竹丸くんの知らない候補がいる可能性もあるだろうが、ここで考えても仕方ないだろう」

「はい。だから、今までの話に出てきた人物です」

手帳に目を落として、改めて『あの人の容』のヒロイン像を確認していく。

「海辺の町の女性です。夜の仕事をしていたと思われます。主人公に執着されながら彼を置いて去っていきました。そんなヒロインの毬浜肖子の要素を満たしている人が、一人だけいます」

戸村さんと麻子さんが「そんなのいたか？」と目顔で尋ね合い、竹丸さんはぽかんとして俺を見ている。彼から見れば芹以上に正体不明の小僧だろうから仕方ない。鷲尾さんはやっぱり話に付いてこられず腕組みしている。

芹は、ただ手の中の牌を見つめていた。彼女がなにを考えているのか。むしろそのことに注意を引かれながら、俺は答えを口にした。

「一、い、い、一色清の母親です」

返ってきたのは沈黙だった。母親……？　といぶかる気配だけがしばらく漂い、ややあって、一同の困惑を代表するように戸村さんが問いかける。

「一色の故郷が海の近くだってのは帰郷した時期の話で知れるから、海辺の町の女だというのは解る。だが、夜の仕事をしてたっていうのはどこから出てきた？　料亭の仲居をしていたって話だったろう」

「まず、幼い一色監督がお祖父《じい》さんに預けられていたのが夜間だということです。最初は孫を寝かし付けてから映画を観ていたということは、泊めていたんだと思います。料亭なら、夜遅くまで働くことはあっても一晩子供を預けるまではいかないでしょう。生活が苦しかったようですから、仲居の仕事のあとで水商売をしていたんじゃないでしょうか」

「けど、夜間の仕事と言ってもいろいろあるぞ。交通整理とか」

「もう一つの根拠は、一色監督が有馬涼子に母親を重ね見ていたという話です。クラブのママをしていた彼女に母親を見ていたなら、仕事や出で立ちに似た部分があったということだと考えました」

ちょっと弱いかと不安になる俺に、戸村さんは少し考えてからうなずいた。

「……うん。この場合はそんなもんでいいだろう。じゃあ次に、主人公を……つまり、一色を置いて去ったというくだりはどうだ？　話を聞いた限りじゃ死に別れたような感じもしたが」

「これも有馬涼子への態度からの推測ですけど、死別だったなら暴力を振るったりはしなかったんじゃないでしょうか。母子《おやこ》仲はとても良かったということですから、依存心が勝ちそうなものです。母が健在なのに父親の家へやられたことで母親を恨んで、暴力という形で有馬との関係に表れたとすれば……」

「そこまで細かい心理は判らないけど、一色が父親に引き取られた時、母親は生きてたと思うよ。

死んでたなら一色自身がそのことを周囲に語っていただろうから、追悼記事に載ってたはずだ」

俺の心理的な推し当てを竹丸さんが補ってくれた。父親との険悪な関係を隠していた風もない一色清だ。仲の良かった母親を亡くしたなら、自分の精神史の重要な一ページとして公表しているだろう。

「映画の筋で言うと、肖子が他の男といるのを見た主人公の卒島が、嫉妬ではなくて、捨てられる恐怖を感じたという部分。母一人子一人の世界から、永らく自分の存在も知らなかったような父親の家に放り出された不安と怒りが重なります」

俺が言葉を切ると、卓上に沈黙が落ちた。麻雀の手を止めて、母親モデル説の妥当性を検討しているようだ。

「一色清は五十六歳で死んだ。母親が存命の可能性は十分にあるか」

まず戸村さん、次いで麻子さんがうなずいた。

「ヒロインのモデルと推すだけの謂《い》われはあるようだね。相続の試験としての意外性も十分だ。けど今のところ、確度は部谷綾説とどっこいってところじゃないか。もう一押し欲しいね」

「それなら、一色監督がモデルに遺した形見の人形はどうでしょう」

「人形……赤ん坊のぬいぐるみだったか」

「はいはいする赤ちゃんみたいなぬいぐるみを、這子《ほうこ》という……んですよね？」

前に江戸時代の剣豪についての書物を読んだ時に見かけた単語で、気になって軽く調べたきりだから正直自信がない。語尾と視線で確認した相手は、その書物を見せてくれた鷲尾さんだった。

「現物を見てみないとなんとも言えないけど、姿勢が特徴的だから可能性は高いね。もし這子なら、幼児に降りかかる災難を身代わりになって引き受ける、いわゆる形代《かたしろ》の一種だ。今でも土産物や縁起物として売ってるのを見かけるよ」

話の流れはちんぷんかんぷんだろうに、的確な解説を加えてくれる。俺は力を得て続けた。

「単に工芸品としてのコレクションだとも考えられますけど、名指しで遺した形見の品です。子供を守るための人形を、子供のいない部谷綾に贈る理由がありません」

竹丸さんは人形が傷んでいたとも言っていた。もしかすると、一色清の母親が別れ際に息子へ渡した品だったのかもしれない。一色の祖父は人形師だったというから、這子人形の知識があった可能性は低くない。

麻子さんは小さく鼻を鳴らした。納得したようにも物足りないようにも見える。占い師がなにか言う前に、竹丸さんが疑問を口にした。

「モデルが母親だったとして……その人形を遺すことで一色はなにがしたかったんだ？　捨てられたと思ってたわけだろう？」

「そこまでは解りませんけど……」

言葉を途切らせたのは答えを用意していなかったからでもあるし、ここまで他人事のように話をしていた竹丸さんが急に真剣な声を出したからでもあった。

俺がまごついているうちに、戸村さんが解釈を入れた。

「『あの人の容』は、自分が見失った美意識を見つめ直す物語だったわけだろう。あらすじを聞く限りヒロインを好意的に描いているようだし、母親に対する認識を改めて、赦《ゆる》すことができたってサインなのかもな」

俺も調子を合わせてうなずいたが、竹丸さんは目をしばたたかせて前髪を払い、なにか考えているようだった。

俺は芹へ目を向けた。さっきから黙りこくって、どこか上の空な感じだ。そんな彼女に、採点を求める心地で問う。

「……どう思う?」

「別に」

芹は振り向きもせず、声と指の中の牌を場へ切った。

「わたしにはよく解らない」

「それロンだ」

戸村さんへ跳満《ハネマン》を振り込んでさすがに申し訳なさそうに見上げる芹へ、鷲尾さんはあきらめに慣れた笑顔を返した。

るそう園に戻った頃には、もう薄暗くなっていた。

帰ってきた俺たちに仔細を聞いたマスターは娘と客――俺だ――の野次馬趣味に閉口したようだったが、それを溜息一つに込めて水へ流した。その上で訊いてくる。

「それで結局、竹丸さんは二人目の奥さんと監督の母親、どちらがモデルだったと結論したのでしょう?」

「もう少し調べてみて、期日までに決めるって言ってました」

証拠が存在する種類の問題ではないから迷うのは当然だろう。俺としてはすっきりしない状態だが、今回は答え合わせが約束されている。その日を待つだけだ。

マスターはもう少し詳しく聞きたそうだったけれど、会社帰りの客で店内は混み始めている。今日のところはお暇しようかと腰を浮かせたところで、キッチンから出てきた芹がマスターへ声をかけた。

「お父さん」

芹がマスターに「お父さん」と呼びかけるのを、俺はその時初めて聞いた。だからか単語の語感以上に幼い響きに聞こえた。

「牛乳が切れそう」

「おっと……うっかりしてたな」

「今のうちに買ってこようか？」

マスターは店の混み具合と娘を見比べて、遠慮がちにうなずいた。

「すまないが頼めるか」

牛乳代を預かると、芹はエプロンを脱いでキッチンの方へ行った。裏口から出たのだろう。俺も席を立って、会計を済ませた。

「今日はすみませんでした。芹があんな風に人を巻き込むのは珍しいんですが」

「いえ……」

麻子さんに似てきたんじゃないですか、と返そうとして、残酷すぎる言い様《よう》だと思い直した。

「また来ます」

あいさつはやや性急になった。あまりのんびりしていると芹を見失ってしまう。

るそう園の面する道は駅沿いの商店街の裏通りに当たる。こちらにも商店はあるものの個人経営の店や居酒屋が多く、全体的に薄暗い。もう少しすると会社帰りのサラリーマンでにぎわうのだが、今はまだ人足《ひとあし》もまばらだ。最寄りの業務用スーパーがある方を見やると、求める背中はすぐに見つかった。

芹は歩くのが速かった。真っ直ぐに伸ばした脚がしゃきん、しゃきんと交差する様はハサミの刃を思わせる。交わるたびになにを切って捨てているのだろう。夜か、街か、俺か。

そんなことを考えながら、小走りになって追いつく。芹はちらりとこちらを見たが、なにも言わない。沈黙に気後れしない程度には慣れてきていた。

「なんで思い付かなかったんだ？」

「なにが？」

反問がすぐ返ってきたことにほっとする程度には慣れていなかった。

「映画のモデルの候補。一色清の母親かもしれない、って」

いつもの芹なら、少なくとも検討の俎上《そじょう》には上げる。だから、だから俺にも思い付けたのだ。芹ならきっとこう考えるだろうと、そんな風に発想を広げていって。

今まで、芹が四つの謎解きをするのをすぐ近くで聞いてきた。いずれも正解の証拠がある性質の話ではなかったが、だからこそ自由に思考を展開して意外な解答を導き出してみせた。それが今回は、情報が提示されていた登場人物の一人を頭からスルーした。

俺が不思議に思ったのは、架空の人物の「模型《モデル》になった」という部谷綾説の方がよりイレギュラーな考え方だからだ。そこに行き着く前に、一色の母親が条件を満たしていることに思い至らなかったのだろうか。

雀荘から帰る前、芹が別の卓の食器を片付けている間に麻子さんたちへその疑問をぶつけてみた。麻子さんはすぐには答えなかった。値踏みするような目で見られたような気がする。

『時には書かれてない文字の方が重要なもんだ』

そうして返ってきた答えは至って抽象的で、重ねて尋ねても意味するところは教えてくれそうになかった。ただなんとなく、占い館で読んだ失踪者の日記が思い出された。肝心なことほど書いていなかった。書くことで認識するのを恐れるように。

芹にも、それがあるのだろうか。

芹本人に訊くのは短絡的に過ぎるとは思う。思うが、自分で考えても判らなかったし、気になったままではいられなかった。

「なんでもなにもない。考慮しなかっただけ」

だから、なんで……と問いを重ねようとして、やめる。堂々めぐりだ。聞くのではなく、自分の思ったことを口にした。

「もしかして……考えないようにしてるのか、お母さんのことを」

ざっと、芹の靴底が強くアスファルトを擦《す》る。立ち止まるかと思ったが、半歩分だけ遅れて歩みは続いた。

「なんでそう思うの？」

「この間の……羽仁《はに》さんの相談を受けた時、ちょっと様子が変だっただろ。悠大《ゆうだい》くんに親身だったというか……」

「根拠はそれだけ？」

「まぁ、そうだよ」

付け加えるなら、俺が芹の母親、マスターの奥さんの話を耳にしたことがないから、ということもある。店舗に母親が不在なこと自体は不思議でもなんでもないが、母子の問題になると芹の様子が変になることを合わせて考えると意味がありそうに思えてくる。

芹はやっぱり止まらなかった。変わらず脚をハサミにしながら、こちらを見ずに言う。

「そう。そうかもね。でも、お客さんが気にすることじゃない」

「俺は解らないことに答えが見つからないと気になって仕方ないんだよ。知ってるだろ」

「知らないよ。他人でしょ」

それはそうだ。年頃は近いが友達ではないし、学校に通っているのかすら知らない。あの雑居ビルで飛び飛びに顔を合わせているだけの関係だ。しかし、

「知ってるはずだ。何度も俺の考えを否定したり、踏み台にしたりしたんだから」

俺がビルに通ううちに出会ったいくつかの奇態な謎。そのたびに俺は謎に敗れ、先入観に囚われない芹の仮説にしてやられた。まともな答えを出せたのは今日だけだ。それでも、問題に対して積み上げた俺の言葉を芹はたしかに聞いていた。

「だとしても、やっぱり関係ないでしょ」

「例の映画や一色清の話の中で、少しだけ解ることがあった。自分がなにを望んでるのか解らなくなるって気持ちだ。現代はどこを向いても情報であふれてるけど、世の中はつまらないって叫ぶばかりで肝心なことはなにも教えてくれない」

言いながら、俺が雑居ビルで最初に行き合った謎解きのことを思い出す。あの犯人も大切なものを見失って迷走していた。事件の小道具になった探偵の名刺は、今も俺の財布に入っている。

「今までは、その答えを本の中に求めてた。文学の深みに本当の自分が埋まってるって信じてたんだ。それは今も変わらないけど……」

羽仁都《みやこ》さんが異質な経歴を持つ川村夏美《かわむらなつみ》さんに憧れた気持ちがよく解る。周りの誰とも違う、特別な存在になりたかった。

「なんの話?」

芹は珍しいくらい感情を露わにした声を出した。呆れだ。歩きながらでは考えがまとまらない。頭に浮かんだ言葉を端から吐き出した。

「つまり……偽探偵の件からこっち、どこにでもいる町の人でもおかしな問題を抱えてて、俺には思いもよらない答えが存在するって知ったんだ。サラリーマンも剣豪もただの人で、でもそれぞれに特別な物語がある」

そろそろスーパーに着いてしまう。早口になった。

「俺にはそれを見つけられなかったけど、お前にはできる。どうしてできるのか、なんであんなに常識を振り切れるのか、ずっと考えてるけど解らない。お前と同じようになれたら、いつもの景色にも退屈しないようになれると思うんだけどな」

なんでもない日常に独自の視点を持ち込むことで世界を異化する。そういう人種を、小説のキャラクターではこう種別するのだろう。

「俺は、名探偵を解き明かしたいんだ」

そうしてようやく、芹は足を止めた。スラックスが本当にハサミの閉じるような擦過音を鳴らす。俺を見る彼女の瞳は、るそう園のカウンター越しに出会った時と変わらぬ冷淡な黒をたたえていた。

「そう」

長々と語った俺に返ってきたのは、声というより吐息に近い一言きりだった。立ち止まったのだってスーパーの前に着いたからだ。芹はそのまま俺に背を向けて、特売チラシの貼り付いた自動ドアへ呑み込まれた。

仕事帰りの客足が行き来する店頭にぽつんと取り残されて、俺はパーカーのポケットに手を突っ込んで溜息を吐《つ》いた。入り口の横に積まれた缶コーヒーの山が目に付く。

植物毒を警告する苦みが無性に恋しくなった。だが、るそう園ですっかり肥えた舌が一山いくらの缶コーヒーで満足するとも思えない。コーヒーを飲まない俺の名探偵が出てくる前に踵《きびす》を返して、今日も平凡で退屈な街へ歩き出した。

B

竹丸一がるそう園のドアベルを鳴らしたのは、芹が牛乳を買いに出て少ししてのことだった。

薄手のジャンパー姿で仕事帰りのようだ。彼は何度か店を訪れているが、これまではわずかな休憩時間、雀荘の先輩店員に連れられてコーヒーを飲み、駄弁《だべ》っていくだけだった。

「さっきは娘さんのお世話になっちゃって」

注文のブレンドを出すと、人懐っこい笑みを浮かべて小さく頭を下げる。整髪を怠けてくしゃくしゃになった金髪が、不思議と爽やかな印象を与えた。陽気さにまぎれて暗い目付きをすることもある青年だが、今日の笑顔に陰りは見えない。

「なにかと不調法な子ですので、失礼がなかったならいいんですが」

「いやぁ、麻子さんの推薦だけあって鋭い意見をくれましたよ」

「恐れ入ります」

社交辞令だと思ってしまうのは娘に失礼だろうか。

「なんでも大金がかかっているのだとか。芹の意見で事が左右されるのかと思うと肝が冷えます」

ああ、と竹丸はあっけらかんと手刀《てがたな》を横へ振った。

「それなら安心してください。相続の条件なんて、最初《はな》からでたらめなんだから」

絶句しないで済んだのは、雀荘での謎解きの現場にいなかったからだろう。しかし戸惑いが声に出るのは止められなかった。

「はぁ……でたらめ、と言うと」

「映画監督の一色清が死んで、遺産を遺したっていうのは本当ですよ。形見の人形——逗子ですか——を映画のヒロインのモデルに渡してほしいって遺言していたのも本当です。でも、相続者は最初から俺しかいなかった」

親族が他にいなかったのか、とストレートに考えてから、ふと小南少年が言っていたことを思い出した。竹丸は一色清に対して妙に厳しい物言いをしていた――

「もしかして、一色監督は竹丸さんのお父さんだったんですか？」

「すげぇ。よく判りましたね」

返す笑顔が苦いものになったのは意識してのことではなかった。最も攻撃的になりがちな親族が父親だというのは経験からの偏見だ。

「察するに、最初の奥さんとの間の……」

「そう。美輪麻里は俺の母親です。俺を妊娠したことで一色から疎まれて離婚して、今は幼児教材のセールスやってます」

「一色監督は子供を欲しがらなかったんですか？」

竹丸はにっこりと口角を上げ、毒突いた。

「あの映画の肖子のセリフ。『あたしが耐えられないのは他人《ひと》に見られることじゃない。あたしが人形を見ることなんだ』っていうのは、一色が母から逃げた理由の告白なんですよ。この場合の『人形』っていうのは俺のことだ。自分の子供を見ることで、最愛の母親に捨てられた子供を自分《じぶん》追体験するのが恐かったんです」

こんな分析的な見方をしているあたりに、父親とその映画への屈折した執着が感じられた。

「なんでヒロインのモデルを明かさなかったのかは解りませんけどね。そう言っとけば俺があの映画を真剣に観るとでも思ったのかな。ガキの頃に二、三度会っただけの息子が」

これには反応を差し控えた。知ったような相槌《あいづち》は無礼に当たる。

「部谷綾と一色の母親。娘さんと……名前聞きそびれちゃったけど、あの男の子の推理はある意味、両方正解なんだと思います。母親に捨てられたコンプレックスを吐き出して、赦そうとしたのか忘れようとしたのか、とにかく区切りを付けたのが『あの人の容』だ。あの『容』の字は容赦とか容認にも使いますからね。

そして今度は裏切られないように、一から十まで自分がプロデュースした理想の女と結婚した。映画と同じで、人間も細部まで支配できると信じたのかもしれない」

唾を吐くような口吻《こうふん》だった。竹丸がコーヒーを口へ含んで、飲み下すのを待って告げた。

「竹丸さんは、一色監督を赦しも忘れもしていないんですね」

「母は一色の話を滅多にしなかったけど、あいつが新作を撮るたびに観せたんですよ。解ります？　拷問ですよ」

竹丸が自分を捨てた父親を軽蔑しているのは明らかだったが、それだけなら醒めた目も持てただろう。透けて見える憎悪には、映画人としての父を誇らしく思う気持ちとの矛盾からくる煩悶《はんもん》があるのかもしれない。

いずれにせよ客の腑分けは喫茶店の仕事ではない。聞いてほしいことを聞くだけだ。

「それで、形見の人形はどうするんですか？　這子だったとしたら一色監督の母親の物である可能性が高そうですが」

「どうしよう。捨てちゃおうかな？」

おどけようとした竹丸の語尾がかすれた。本気で迷っているようだ。

「遺言の通りに届けてみるのも一興ではないでしょうか」

なんでもないことのように言うと、ぼんやりした目が返ってきた。

「渡すべき人形を持っていたということは、一色監督は母親に会いに行く勇気が持てなかったのでしょう。彼を嗤《わら》うには、彼にできなかったことをやってのけることです」

竹丸は掌《てのひら》で顔を隠して、そのまま髪をかき上げて、そのあとには元のシニカルな笑みが戻っていた。

「挑発ですね」

「経験ですよ。わたしは娘に笑われっぱなしです」

冗談なのかを取り損ねたように、竹丸は中途半端に口を開けて首を傾げた。言った方も冗談なのかなんなのか解らなかった。確かなのは、娘が自分よりもずっと強い人間なのだということだった。


芹が生まれた時、まず感じたのは不安だった。妻の腹の中にいた時は妻の体のことであり、彼女をいたわり医者の注意に耳を傾けていれば一応の安心を得られた。今思えば逃避だったのかもしれないが、とにかくその時はそうだった。

初めて芹を抱き上げた時、あまりの軽さに胃の奥が冷えた。およそ魂《たましい》を備えた命の重みとは思えず、喪失を間近に予感させた。しかし妻は、濁点の付いた悲鳴を上げながら手足を縮こめるその動物を見て、楽しそうにこう言ったのだ。

「人間は生理的に早産だからね。その子は、これから生まれてくるんだよ」

いわく、人間は脳が大きすぎて、他の動物と同程度に育ってからでは母親の骨盤を通り抜けることができない。だから著《いちじる》しく未熟な状態で生まれてくる。生まれたての仔馬がいきなり立ち上がれるのに人間の赤ん坊がまるで身動きできないのは、そういうことらしい。

「人間の赤ん坊は、他の動物ならまだお腹の中にいるような状態。あなたの腕の中とわたしのお腹の中は、その子にとってはシームレスなの。この病院も、家族も、街もね。みんなで子供を産めるなんて、面白いでしょう」

妻の見識こそが面白いと思った。そうしたら急に、赤ん坊を重く感じだした。単に腕が疲れたのかもしれなかった。


芹はなんにでもよく驚く子だと、妻はいつも言っていた。バッタが跳んで驚いた。扇風機の前で話すと声が変わるのに驚いた。初めてバスに乗った時は散々はしゃいだあとで降りた途端に吐いた。砂浜でクラゲを踏んで尻餅をついた。幼稚園のカスタネットが指から抜けなくなって大泣きした。

そのほとんどを妻から聞いて知った。だから芹がびっくりする顔を見た記憶は数えるほどしかない。会社に勤めていた時分には、その程度しか娘の顔を見ていなかった。覚えているのは電池が切れたようにおとなしい寝顔ばかりだ。

妻は不定期に翻訳の仕事をしていた。専門書が多かったが詩歌を扱うこともあった。家事はできるだけ分担したが、芹の面倒はどうしても彼女に任せがちになっていた。当時から気にしてはいたが、妻が平気な顔をしているのでつい甘えてしまった。

その日も、妻は芹を連れて外出した。編集者と打ち合わせのあと買い物をしてから帰ると聞いていた。そのあとのことは病院で聞かされた。ごく単純な交通事故だった。単純でなかったのは妻の容態で、目覚める見込みがないと言われた。それはどういうことですか、と何度も尋ねたのを覚えている。どういう答えが返ってきたのかはなにも覚えていない。

朝、あくびに涙ぐみながらコーンフレークの値上げを愚痴っていた妻が、夜には心電図モニタの電子音に変わった。現実と思えという方が無理だ。

芹を妻の両親に預けるために一度帰ることになった。芹は全くの無事で、いつもより元気ないくらいだった。病院の中をきょろきょろとせわしなく見回して、面白そうな部屋があると入りたそうな素振《そぶ》りを見せた。ただ、言葉にして繰り返したのは「いつかえるの？」だけだった。

こういう時こそしっかりしろ。芹を不安から守り、心細い思いをさせないように振る舞わなければならない。深呼吸をした。指に震えのないことを確かめてから、小学生になったばかりの娘の小さな手を握った。

病院を出た時にはすっかり外が暗くなっていて、繁華街のネオンがいつもと変わらず瞬いていた。自分の世界はなにもかも変わってしまったのに、街はなに一つ変わらない。不思議に思いつつ安堵《あんど》もした。思ったほど大したことではないのかもしれない。なにも心配することはない。妻は病院にいるのだから。

ようやく声が出せるようになって、芹の手を引いて歩きながら訊いた。

「お腹空いたろう。なにか食べたいものあるか」

できるだけ優しく言おうとしたら肝が冷えるほど白々しい声が出た。なにか絶望的な心地になりながら、それでも笑顔を作って娘を見ると、芹はふるふると首を横へ振った。それからつんと口を尖らせ、子供を諭すような声で言った。

「今日はスパゲッティなんだよ」

スパゲッティは妻の得意料理だった。

芹は母親の作る夕食を楽しみにしてお腹を空かせている。

気付いた時には足が止まっていた。大人になってから初めて嗚咽《おえつ》というものをした。すれ違う人々の視線を感じたが、病院の前だったからだろう、同情に湿ったものだった。肺の中を冷たい塊《かたまり》が跳ね回って、リズムを失った吐息が止めどなく漏れた。

芹が現実を理解したのはたぶん、その時だった。病院の中では機器につながれた母を見ても、ただきょとんとしていた。それが父親の無様な狼狽《ろうばい》を見た途端、状況の深刻さを悟ったのだ。だから、それまで無垢《むく》で無防備な子供だった芹を傷付けたのは自分だ。羽仁都に説教できるような立場ではない。我が子を守り安心させなければならない父親があまりに弱かったせいで、芹は独自の世界観で自分の心を守らなければならなくなった。


母が入院してから亡くなるまでに、芹は二度面会できた。意識は一度も戻らなかった。担当医には「お子さんは会わない方がいいかも知れない」と忠告されたが、会わせなかった後悔をする方が怖かった。

呼吸はしているのに呼びかけへ反応しない母親に、芹は戸惑って母と父の顔を見比べた。すがるように見られても、なにを答えることもできなかった。

時折、妻は目を開いて指を動かした。あわてて看護師を呼ぶと、

「痙攣《けいれん》ですね」

という答えが返ってきた。担当の看護師はまだ若く、事務的な表情を作り慣れていないようだった。それだけに患者の家族を惨めな気分にさせないための努力が感じ取れた。

「ケイレンですね」

母の指を握りながら芹が口真似をした。看護師と顔を見合わせて、お互いの顔に浮かんだ表情に目を伏せた。二度目の面会からほどなくして、妻は永い眠りについた。


それからの芹は無口で本ばかり読む子になった。母が好んで買い与えていた生き物の本が多かったが、学年が上がるほど手を広げ、休日は近所の図書館へ通うようになった。一方で他人への興味が薄く、学校で問題を起こすことはなかったが友達を家に連れてくることもなかった。

「お母さんがいなくて寂しくないか?」

「状態が変わっただけだよ。消えちゃったわけじゃないんだよ」

芹は舌足らずな声で、そんな物言いをした。生死は連続する物質間の相転移でしかない。そんな単純な原理で以て、九相図《くそうず》に悟りを開こうとする修行僧のように母の死を受け止めた。いわゆる「普通の子」からどんどんずれていくのを感じたが、自分よりよほど立ち直りの早い娘になにを言えただろう?

そんな中で喫茶店を始めることになった。芹を一人にするのが嫌で、SOHO《ソーホー》でできる仕事を探していたところ、大学の恩師からなぜか喫茶店の経営者を紹介された。大学の先輩に当たる人で、ノウハウを教えるから自分の店の二号店をやってみないかと訊かれた。信用できる人間を探していたとのことだったが、境遇に同情してくれたというのが本当のところだろう。その頃、人から見ると陰惨な面相をしていたようだから。

　喫茶店に惹かれたわけではなかったが、思いがけず転がり込んできた仕事を運命と受け入れた。そうして一年余りの研修と準備のあと、雑居ビルの一階に「喫茶・軽食　るそう園」の看板が置かれることとなった。

　喫茶店のことを告げた時、芹は「大変そうだね」とだけ言って驚いた様子もなかった。その頃にはもう、無表情で浮世離れした今の芹になっていた。つまり、なにを考えているのか一向に解らない娘だった。


　芹が中学一年生の時、頰を腫《は》らして帰ってきた。同級生の女子に平手打ちをされたのだという。なにがあったんだと訊いたら「なにも」との返事だった。

　後日、担任の教師に聞いたところでは、授業で同じ班になった女子から「わたしを見下してる」と言いがかりを付けられたらしい。何事にも無関心に見える芹の態度が、白眼視しているようで癇《かん》に障《さわ》ったようだ。

　その女子がいわゆる「繊細な」問題児として学校から認識されていたせいもあり、相手の保護者から謝罪があってその件は終わった。困ったのは、父親として芹にどう声をかければいいのかということだった。

　娘が悪くないのは明らかだが、同じ事態を繰り返さないための方策は示すべきだろう。結局、自分でも情けなくなるくらい月並みな言葉をかけた。

「もう少し、周りに合わせた方がいいかもしれないね」

「解ってる」

　全く動じた様子もなかった芹だが、その後は同様の問題を起こすことはなかった。通知表の通信欄には決まって「マイペースでとても落ち着いていますが、もう少し自己主張をしてもいいかもしれません」というような意味のことが書いてあった。

　自分が芹を支持しなかったことで自身の個性に消極的になってしまったのではないかと不安になった。だが、それとなく訊いても芹は「心配しないで」と心なし鬱陶《うっとう》しそうに言うだけだった。

　そんな時はビルの二階の晴蛙堂古書店へ連れていって機嫌を取った。数冊の本を選ぶのに一時間以上も居座って気まずい思いをしたが、店主はにこにこと人のいい笑顔で父子を見守っていた。

　娘を理解できないのは今も変わらない。いや、生まれた時からずっとそうだったのかもしれない。聡明で闊達《かったつ》な妻に甘えて、子供と向き合ってこなかったツケだ。そんな男が竹丸に勇気を語ったのだ。

　笑わず、怒らず、泣かず、反抗すらしてこない。学校にも休まず通っているし成績は良いが、いつも無気力で楽しそうにしているのを見たことがない。

　芹をそんな風にしたのは自分だ。母の命に望みがないことを無慈悲に思い知らせ、臆病から面会をさせてしまった愚鈍な父親のせいだ。命の儚さや人体が電気信号で動く機械でしかないことを、幼い精神に刻み込んでしまった。せめて溜息を聞かせないように心がけて日々を重ねている。

　店の手伝いをさせているのは、辞めたアルバイトの提案だった。このビルへ出入りする個性的な人たちと交流すれば、芹ちゃんも楽しいことを見つけられるんじゃないですか。そんな風に言われて。

芹に接客をさせることに不安はあった。なにせあの無愛想だ。実際、失礼と取られても仕方ない振る舞いをすることもあったが、物好きの多い客層のせいか今のところトラブルにはなっていない。特に麻子には気に入られているようだ。

そして転機が訪れた。探偵の戸村が持ち込んだ、名刺と偽探偵にまつわる謎解き。あの件に関わって以来、芹は頼まなくても店先に顔を出すことが多くなった。普段は無表情の裏に沈潜している知的好奇心をいたく刺激されたことは間違いない。

それはほんの些細な変化だったが、ずっと待っていた、娘の瞳に宿った光だった。

それに、あの時偶然に居合わせた少年、小南通《とおる》。るそう園の客は親子連れを除けば大人ばかりで、芹と同年代の少年は珍しい。彼は今まで芹を敬遠してきたであろう同級生たちとは違い、芹の発想に興味を持ち積極的に推論を戦わせた。

彼もあの子の変化に関係しているのだろうか。今日も、牛乳を買いに出た娘を追いかけるように店を出ていった。善良な少年だ。なにを心配するわけでもないが、店の外でなんの話をするつもりなのか、気にならないと言えば嘘になる。


芹は竹丸が店を出るのと入れ違いに帰ってきた。いつものスーパーで品切れしていて少し遠くの店まで足を延ばしたせいで、時間がかかったという。

その夜は店が混み合っていつになくいそがしかった。休む間もなく大回転で、一息つけたのは閉店後のことだった。

夜のとばりとともに落ちた静寂の中、掃除用具の立てる一種しめやかな音が一日を終わらせていく。店内の掃除を終えてキッチンへ入ると、芹は床掃除の手を止めてモップに寄りかかっていた。壁の貼り紙を漫然とながめながら、なにか物思いに耽《ふけ》っている様子だ。

「戸締まりしたら帰るから、少し待っててくれ」

「うん」

生返事ではあったがモップから体を剝がし、一拍置いてからこちらを見た。感情の透明な、さ揺るぎもしない瞳。けれど毎日見ているから、よく笑いよく泣いていた頃と連続していることを知っている瞳。

「雀荘の店員さん、なにか言ってた？」

先ほど店の入り口で竹丸とすれ違ったのが気になっていたのだろう。

「一色監督の母親を探してみるそうだよ」

そう……と、訊いておいて気のない相槌を打って、芹は視線を床へ落とした。そのまま言う。

「ねぇ、お父さん」

「ああ」

「お母さんの翻訳した本って取ってある？」

虚を突かれた。本ならなんでも読むような芹だが、母親の訳した物を読みたいと言ったのは初めてだ。

返事をためらった理由は解らない。ただ、娘をそう待たせはしなかった。

「家に帰れば何冊でもある。お母さんは見本を捨てない人だったからね。段ボールを崩すのが大変だが……」

「手伝うから、読ませて」

「もちろん構わないが、どうしたんだ急に」

芹はモップを両手でぎゅっと握り締めた。なぜか首を絞める仕草に見えた。

「……なんか悔しかったから」

意味は解らなかったが、不理解を埋められそうなパズルのピースは持っていた。

——小南くんとなにか話したのか？

そう訊いたつもりで、声は出ていなかった。僕は自分で思っている以上に父親なのだと思い知って膝の力が抜けそうになった。

モップを片付けにいく娘の背中から、芹が見ていた貼り紙へ目を移す。自治体のゴミ分別表だった。こんな物を見てなにを考えていたのだろう。

疑問が顔へ出ていたのか、それとも独り言か、芹はこうつぶやいた。

「なにをもらったら困るって——」


この街へ来て喫茶店を営むようになってから、おおむね平和な日々が続いている。突然の喪失がこの生活を導いたのかと思うとそら恐ろしい気持ちにもなるが、人生の悪くはない時期であることは間違いない。

ゆったりとして、変化に乏しく、暇をする余裕はない。なにかに似ていると思えば芹の性情だった。母を失った日から徐々に停滞していった娘。それは自分も同様かも知れず、だとすればこの店は自分たちの象徴だ。

それでも変わるものはある。麻雀好きの探偵、傍若無人の占い師、時代に抗う古本屋、目当てもなく何事かを探し続ける男子高校生、その他この雑居ビルに出入りする種々雑多な人々。人生の限られた時間を同じ屋根の下で過ごし、すれ違い、別れていく彼ら彼女らとの関わり合いが起こすブラウン運動が、少しずつ波紋を広げていく。

『人間は生理的に早産だからね。その子はこれから生まれてくるんだよ』

人形のように小さな芹を抱き上げた自分へ妻の言った言葉が思い出される。彼女は賢者だった。今も生きていればきっと、娘がゴミの分別表のなにを見て唇を緩《ゆる》めたのか、その答えを教えてくれただろう。まるで名探偵のように。

しかし母ならぬ父にはいくら首を傾げても名案は思い浮かばなかった。だから今日も、雑居ビルには謎が転がっている。

初出一覧

第一話　「名刺は語らない　――Calling Card」　〈紙魚の手帖〉vol. 11（二〇二三年六月）
第二話　「日記の読み方　――Unwritten」　書き下ろし
第三話　「不死の一分　――Immortal」　書き下ろし
第四話　「パック寿司とハムレット　――Amphibian」　書き下ろし
第五話　「名探偵の死角　――Scotoma」　書き下ろし

著 者 紹 介

千葉県出身、在住。2010年、玩具堂名義の「なるたま〜あるいは学園パズル」で第15回スニーカー大賞〈大賞〉を受賞。受賞作を改題したデビュー作『子ひつじは迷わない』がシリーズ化され、人気を博す。他の著作に『漂流王国』『探偵くんと鋭い山田さん』などがある。本書が久青玩具堂名義での初の著書。

ミステリ・フロンティア 116

まるで名探偵のような
雑居ビルの事件ノート

2023 年 6 月 30 日　初版

久青《ひさお》　玩具堂《がんぐどう》

発 行 者
渋谷健太郎

発 行 所
株式会社東京創元社
〒162-0814 東京都新宿区新小川町1-5

電 話
03-3268-8231 (代)

U R L
http://www.tsogen.co.jp

印 刷
萩原印刷

製 本
加藤製本

ISBN978-4-488-02021-7 C0093